KEITAI
SHOUSETSU
BUNKO
野いちご SINCE 2009

魔王子さま、ご執心！
2 nd season③
～溺愛王子は彼女を一生離さない～

＊あいら＊

JN031252

◉ ST∧RTS
スターツ出版株式会社

イラスト／朝香のりこ

反乱軍と夜明の名誉を守るため
能力を発動してしまった鈴蘭。

「今の医療では、不可能です……」

その代償は重く……。

「私たち、距離を置きませんか？」

「……え？」

ふたりの愛の、行方は──。

「お前がいなければ……生きていけない……」
「俺の全てを賭けて誓う。幸せにすると」

魔王子さまの底なし愛は、永遠に。

【一途な愛に溺れる寵愛シンデレラストーリー】

魔王子さまのご執心！ 2nd season ③

~溺愛王子は彼女を一生離さない~

登場人物

ラフ

夜明の使い魔。人懐っこい性格でおしゃべり。

黒闇神 夜明（くろやがみ よあけ）
ノワール学級2年

属性：悪魔族。ノワール学級トップの生徒で、現魔王（首相）の息子。全校生徒の中で一番力を持っており、能力、頭脳共に魔族の中でも最強クラス。極度の女性嫌いだったけれど、心の美しい鈴蘭に惚れて…？

双葉 鈴蘭（ふたば すずらん）
ノワール学級1年／元ブラン学級

心優しく、慈愛に満ちた美しい少女。理不尽な理由で、双子の妹と母親から虐げられる日々を送っていた。動物と甘いものが大好き。学園では静かに大人しく過ごそうとしていたけれど…。

聖リシェス学園（せい）

在校生の半分以上が、魔族で形成されている学園。魔族と、推薦をもらった人間しか入学することが許されていない。魔族の相手にふさわしいと国が判断し、選ばれた人間だけが特待生として入学する。魔族は昼行性の種族が『ブラン学級』、夜行性の種族が『ノワール学級』と分けられている。そのため、ブラン学級とノワール学級は気軽に行き来できるものではなく、関わりが薄い。

白神ルイス（しろがみルイス）

ブラン学級2年

属性：妖精族。ブラン学級のトップで、先代の魔王（首相）の孫。悪魔から政権を取り戻すため、女神の生まれ変わりを探している。鈴蘭に一目惚れし、婚約を迫り…？

双葉星蘭（ふたばせいらん）

ノワール学級1年
※元ブラン学級

鈴蘭の妹。以前は鈴蘭を嫌っていたけど、お互いに本音をぶつけあったことで姉妹らしい関係に。夜明の計らいでブランからノワールに転級した。

司空竜牙（しくうりゅうが）

ノワール学級2年

属性：竜族。夜明の側近。やる気のない夜明にいつも振り回されている。紳士的で優しく常に笑顔だけど、怒らせると怖い。

冷然雪兎（れいぜんゆきと）

ノワール学級1年

属性：雪男族。雪男にも関わらず寒さに耐性がなく、一族では出来損ない扱い。長い前髪で目を隠している。女嫌いで、生意気な性格。

獅堂百虎（しどうびゃっこ）

ノワール学級2年

属性：虎族。女の子が大好きなチャラモテ男子だけど、誰にも本気にならない。いつもおちゃらけた感じだが、じつは一番本心が読めない。

獅堂美虎（しどうみこ）

ノワール学級1年

百虎の双子の妹。能力が弱く、耳が出ている半獣。耳を周りからバカにされてきたため、コンプレックスが強い。男嫌い。

これまでの
あらすじ

双子の妹に虐げられていた
心優しい少女・鈴蘭。

学園中の憧れであるルイスには
婚約を申し込まれるも、
妹・星蘭の策略で
婚約破棄されてしまう。

傷ついた鈴蘭の癒しは、
時折学園内で会える
"フードさん" との時間。

じつは彼の正体は、
学園内で最も
権力のある
極上イケメン・夜明。
さらに彼は鈴蘭に
婚約を申し出て……!?

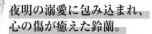

夜明の溺愛に包み込まれ、
心の傷が癒えた鈴蘭。

旅行や文化祭で甘い時間を重ね、
幸せは最高潮に♡

ところが、
敵を倒すために
暴走する夜明を救おうと、

**鈴蘭は命を削る力を
使ってしまい……!?**

ふたりの恋の結末は!?

続きは
本文を読んでね!

☆ contents

【XIV】永遠の約束

【side story】

エピローグ　　　　　　221

【after story】

【XI】 後悔と代償

最後の記憶

「お母さん、ここから出してください……！」

「危ないわ……！　ここで、見守っていましょう」

　お母さんの静止を振り切って、私は走り出した。

　このままじゃ、取り返しのつかないことになる。

　大好きな人が、自分のせいで罪を犯す姿なんて見たくなかった。

「夜明さん、ダメです……！」

　私の声も……聞こえてない……。

『魔力の代わりに消費されるのは……命です』

　黒須さんの言葉が、脳裏をよぎった。

　この会場ごと守ろうとしたら、あの時よりも強い能力を使うことになる。

　あの時でさえ、ずっと頭痛が続いていて、体も異常を訴えていた。

　きっと今能力を使ったら……本当に私は……。

　でも……。

「鈴蘭……？　何を……」

　ようやく私に気づいた夜明さんが、こっちを見ていた。

「鈴蘭ちゃん、やめて……！」

「やめろ、鈴蘭……！」

　ふたりとも、ごめんなさい。

私は反乱軍の人たちを守るために、体の奥底から力を振り

絞った。

「……」

　目を開けると、無惨な状態になった会場が視界に入った。

　ダメ……だった……？

　いや……。

　恐る恐る動き出した昼行性の人たちが見えて、助かった
のだと気づく。

　よかった……。

　安心したと同時に、体の力がどっと抜けて、その場に倒
れた。

「鈴蘭……!!」

　夜明、さん……。

　抱き止めてくれたのか、温かい温もりに包まれる。

　私を見る夜明さんは、顔を真っ青にして、今にも泣きそ
うな表情をしていた。

「鈴蘭！　すず、らん……」

　何度も私を呼ぶ声に、段々と覇気がなっていく。

　ボロボロと涙を流す夜明さんを見て、私は少しだけ後悔
した。

　やっぱり……約束は、守らなきゃいけなかったな……。

　夜明さんに、こんな表情をさせてしまうなんて……。

　誰よりも、幸せにしたかったのに……。

　……ごめんなさい、夜明さん……。

　言葉で伝えられないまま、そこで私の意識は途切れた。

絶望

【side 夜明】

　作戦は、全てうまくいくはずだった。

　内通者である白神（しろがみ）からも情報は入っていたし、相手の作戦が筒抜けだったために、俺たちの計画は滞（とどこお）りなく進んだ。

　ひとつだけ、事前に周りに伝えていなかったのは……俺がこの会場内にいる昼行性（ダイアーナル）を、全滅させようと計画していたこと。

　俺以外のやつらは、捕まえて情報を聞き出そうと企（たくら）んでいるらしいが、どうせこいつらから情報を聞き出そうとしても、たいした情報は得られないと踏んでいた。

　だったらもう……この場で消してもいいはずだ。

　こいつらは、俺から鈴蘭を奪おうとした。

　そんなやつらに……生きている価値なんてない。

　こいつらを生かすことで、また鈴蘭の身に危険が及ぶ可能性だって増える。

　誰にも伝えず、秘密裏に建物ごと壊してやろうと考えていた。

　能力が使えないこいつらなんて、ただの人間と同じ。

　自分の身を守ることもできずに滅びていくだけだ。

　黒闇神家（くろやがみ）や夜行性（ノクターナル）の魔族はすでに避難させているし、鈴蘭の避難も母親に任せているから、何も問題はない。

　こいつらを消しても……反乱軍からの襲撃から、黒闇神

家や夜行性を守るためだったと供述すれば、正当防衛とし
て全て問題なく処理される――はずだった。
「夜明さん、ダメです……！」
　鈴蘭の姿を見て、ハッと我に返った。
　どうして……そこにいる……？
　それに……よく見ると、能力を制御する腕時計が外れて
いた。
　鈴蘭は今にも崩壊しそうな天井と、逃げ惑う昼行性の魔
族を見て青ざめている。
　そして、俺を見て申し訳なさそうな顔をした後……そっ
と目を瞑って、手を握り合わせた。
　まるで、力を集めるように。
「鈴蘭……？　何を……」
　しようと、してるんだ……？
「鈴蘭ちゃん、やめて……!!」
　血相を変えて、鈴蘭のもとへ走っていく母親の姿も見え
た。
　まさか……自分の能力で、こいつらを守ろうとしている
のか……？
　その能力がなんなのか、行使すればどうなるのか……。
『命を……消費します』
　あの言葉を、忘れたのか……っ……！
「やめろ、鈴蘭……!!」
　そんなことをすれば、お前の命が……。
　俺の声も届いていないのか、鈴蘭の体から眩い光が解き

放たれる。

　まずい……。

　最悪の未来がよぎって、ごくりと息をのんだ。

「っ、やめろ……!!!」

　頼む……間に合ってくれ……!

　俺は"新しく手に入れた能力"を、鈴蘭に向けて放った。

　ほぼ同時に、鈴蘭の防御能力が発動して、無力な昼行性のやつらを避けるように瓦礫が弧を描いて地面に落ちていく。

　間に、合った……?

　……いや……。

　天井に大きな穴が空き、無惨な姿になった会場。

　鈴蘭は怪我ひとつない昼行性のやつらを見て、安心したように笑った後……。

　──力尽きたように、ふらりとその場に崩れた。

　すず、らん……。

「鈴蘭……!!」

　すぐに駆け寄って倒れないように抱えたが、顔色は青ざめていて、完全に意識を失っていた。

　さっきよぎった予感が現実になり、血の気が引いていく。

　間に合わなかった、のか……?

「鈴蘭!　すず、らん……」

　俺の問いかけにも一切反応はなく、ぐったりとうなだれている鈴蘭。

　どう、して……。

「……っ、まだ息をしている、救命班を呼んでくれ」

　父親が鈴蘭の脈を測って、近くの従者に合図をおくった。

　息があるとわかったからといって、少しも安心はできなくて、鈴蘭を支える手はおかしいくらい震えていた。

「鈴蘭ちゃん……っ」

　青ざめた鈴蘭の顔を見て、泣きそうな声をあげている母親。

「どうしてだ……」

「……」

「鈴蘭を避難させるようにと、頼んだだろ……」

　任せたはずなのに……なぜ、鈴蘭から目を離した……。

　出ていったはずの鈴蘭が……どうして会場に戻ってきた……。

「ごめんなさい……」

　聞いたこともないくらい、か細い母親の声。

　謝罪なんて求めていない。

「鈴蘭様が、夜伊様の静止を振り切って走っていかれたのです……」

「夜明様の様子がおかしいと、気づいて……」

　駆けつけてきたのか、鈴蘭の従者たちが母親をかばうようにそう言ってきた。

　違う……そんな言い訳も、聞いていない……。

　俺が今欲しいのは……鈴蘭がこのままいなくなってしまわないという、確信だけだ。

「たす、かった……？」

「これは……伝説の……女神様の、守護……」

　後ろで、計画通りなら今頃息の根が止まっていたやつらが騒いでいる。

「我々は、女神に守られた……」

「やはり……女神は昼行性（ダイアーナル）の味方だ……！」

　鈴蘭……どうして……こんなやつらを助けたんだ。

　お前は、この世界と天秤にかけても代え難い存在なのに。

「鈴蘭……鈴蘭っ……」

　心なしか、体が冷たい気がした。

「頼む……目を覚ましてくれ……っ」

　これ以上体温が奪われないように、震える手で抱きしめる。

　俺は傷ひとつないというのに、胸の痛みと悪寒と、そして涙が止まらなかった。

「一命は取り止めましたが……現在、最小意識状態にあります」

　医者の言葉を、受け入れることを脳が拒んでいる。

「意識が戻るのがいつになるのかは……なんとも……」

「……」

　俺はただ椅子に座ったまま、下を向いていた。

　隣には両親と、駆けつけた黒須もいた。

「このような事態になったのは……誠に残念です。ただ、一命をとりとめたのは奇跡ですよ。鈴蘭様は会場一帯を覆うほどの防御能力を使ったと聞いております」

　……この状況のどこが奇跡なんだ。

　医師も、植物状態に近い状況だと今言っていただろ。いつ目を覚ますのかもわからない。

　このまま……目を覚さないかも、しれないんだ。

「なぜそれだけの能力を行使して、無事でいられたのでしょう……」

「夜明、あの時何をしたんだ」

　……うるさい。

　黒須の声も父親の声も煩わしく、耳を塞ぎたくなったが、手を動かすことさえも億劫だった。

「鈴蘭ちゃんに、能力を使っただろ」

「……」

　父親の言う通り、あの時鈴蘭に能力を使った。

　ここ最近、俺が探していた能力は……他人に魔力を与える能力。

　もちろん、鈴蘭に魔力を与えるためだ。

　今後、何があるかわからない。鈴蘭は利他主義な人間で、追い込まれた時には必ず能力を使ってしまうだろう。

　そんな時……俺が魔力を与えられれば、命を消費せずに済むのではないかと考えた。

　鈴蘭の能力は、命を消費して魔力を生み出す。つまり、魔力さえあれば俺たちが能力を行使するのとなんら変わらない。

　無事にその能力を手にして、あの時咄嗟に使ってはみたが……半分間に合わなかったから、こんなことになったん

だろう。

「夜明」

　回答を急かす父親の声に、頑なに返事はしなかった。

　今はだらだらと説明する気力もない。

「……落ち着いてから教えてくれ」

　折れてくれたのか、追求をやめた父親。

「……ごめんなさい、夜明……」

「……」

「なんとしてでも、鈴蘭ちゃんを止めるべきだったわ……」

「……」

「夜明……鈴蘭ちゃんは、きっと……」

「……頼む、ひとりにしてくれ」

　今は、鈴蘭以外誰の声も耳に入れたくない。

「夜明」

　父親の低い声が室内に響いた。

「黙れ。何も聞きたくない。頼むから消えてくれ」

「事前に忠告はしたはずだ」

　何を言っても止まらない父親。

「誰のせいでもない。お前のせいだ、夜明。ひとりでこの現状を受け入れなさい」

「違うわ、これは私の……」

「いや、暴走した夜明のせいだ。彼女のことを本当に理解しているなら、こうなることは予測できたはずだ。お前の行動はただの自己満足だった。彼女はお前を守ろうとしたんだ」

　俺は一度息を吐いてから、返事をした。

「……わかってる」

　俺の返事が予想外だったのか、ふたりが息を飲んだのがわかった。

「わかっているから……頼むから、今は消えてくれ……」

　自分自身の過ちを、整理したいんだ。

「……すまなかった。お前が理解してるなら、これ以上責めるつもりはない」

　謝られても困るが、謝罪だけを残してふたりと黒須は部屋を出ていった。

　静かに眠る鈴蘭を、そっと見つめる。

　こうならないために、最善を尽くしてきたつもりだった。

　全部鈴蘭のためだと思って、鈴蘭が時折見せる不安そうな表情に気づいても、見て見ぬふりをした。

　その報いにしては……あまりにも、重すぎる。

『お前の行動はただの自己満足だった。彼女はお前を守ろうとしたんだ』

　鈴蘭は、昼行性のやつらを助けようとした。

　それと同時に……俺が手を下すことを、未然に防ごうとしたんだろう。

　全て……俺のせい、だ……。

　──それから1週間、鈴蘭は目を覚さなかった。

戻ってきて

【side 美虎】

　鈴蘭が意識不明の状態だと聞いて、最初は何を言われた
のかわからなかった。

　わけがわからないまま、お兄ちゃんと病院に向かったけ
ど、その間のことはあまりよく覚えていない。

　タクシーの中でふたりとも無言で、夢なのか現実なのか
わからなかった。

　ただただ、夢であってほしいと願った。

　のに……。

「……すず、らん……」

　病室に着くと、仰々しい機械を装着して、眠っている鈴
蘭の姿があった。

　なに、これ……。

　今日は、黒闇神家の親戚の披露宴で、鈴蘭も出席するっ
て言ってた。

　披露宴まで鈴蘭と黒闇神夜明は会えない期間が続いてい
て、数日前……ようやく会えるって、嬉しそうに別れた鈴
蘭と……。

　まさか、こんな形で……再会するなんて……。

「なんで……」

　披露宴についての話は……あたしも少しだけ聞いてい

た。

　今黒闇神家が狙われている状態で、鈴蘭も危険な状態だ
から……鈴蘭を守るための状況を整えているって……そう
いう話じゃなかったの……？

「あんた……鈴蘭を守らなかったの……？」

　一緒にいたんでしょ……？

　どうして……。

「……」

　黒闇神夜明は、こっちを見ようともしない。

　ただ俯いたまま、抜け殻みたいにぼうっとしている。

　心の声すら聞こえない。

　まさに、虚無の状態だった。

「ねえ……返事もできないの…… !! 」

「美虎」

　声を荒げたあたしの肩を、お兄ちゃんがそっと叩いた。

「やめろ」

　聞いたことがないような、低くて感情が読めない声色。

「美虎が同じ立場だった時、夜明は美虎を責めなかっただ
ろ」

　ハッとして、下唇を噛んだ。

　合宿で、あたしのせいで鈴蘭が目覚めなかった時。

『やめろ、竜牙』

『仲間内で責任を押し付け合うつもりはない』

　お兄ちゃんの言う通り、あの男はあたしのことも冷然の
ことも責めなかった。

　あの時、鈴蘭があたしのせいでこうなってしまったって、罪悪感で押しつぶされそうになっていて、司空竜牙に責められて悔しくて苦しくてたまらなかったのに……あたしは今、同じことをこいつにしてしまっていた。

『どんなに辛いか……考えれば、わかるだろ……』

「……っ」

　お兄ちゃんの心の声が聞こえて、うつむいた。

　きっと今、一番責任を感じているのも、自分を責めているのもこいつのはずだ。

　お兄ちゃんの言う通り。

　ここであたしがさらにこいつを責めたところでどうにもならないし、鈴蘭が目を覚ますわけじゃない。

　ゆっくりと、眠ったままの鈴蘭に近づいた。

　外傷はなく、いつもの綺麗な鈴蘭の姿がそこにあった。

　怪我を負ったわけではない……？

　なら、どうしてこんな状況に……。

「敵襲にあったわけではありません。鈴蘭様は……能力を行使して、昏睡（こんすい）状態にあります」

　病室に現れた司空竜牙が、説明するようにそう言った。

「……意識がいつ戻るかも、わからない状態です」

　そんな……。

「……俺のせいだ」

　微動だにしなかった黒闇神が、ぼそりと呟いた。

「俺が反乱を起こした昼行性（ダイアーナル）を殺そうとした。その昼行性（ダイアーナル）のやつらを守って、鈴蘭が能力を使った」

　つまり鈴蘭が倒れたのは……能力を使うために、命を消費したってこと……？

「だから俺のせいだ」

　やっぱり、黒闇神の心の声は聞こえない。

　能力を使って聞こえないようにしているとも思えない。

　こんなことは初めてで、目に光がない黒闇神の表情を見てゾッとした。

　それから1週間、鈴蘭の容体は変わらなかった。

　学校に行く気にもなれなくて、毎日生きた心地がしなかった。

　あたしだけじゃなく、お兄ちゃんも、冷然も、司空竜牙も……そして病室から動かない黒闇神夜明も。

　いつお見舞いに行っても、やつは椅子に座って、鈴蘭を見つめたまま動かなかった。

「……っ！　鈴蘭……！」

　……は？

　病室に響いた、双葉星蘭の声。

　どうして、こいつが……。

　後ろには司空竜牙がいて、こいつが連れてきたんだとわかった。

　司空竜牙を睨みつけると、やつは表情ひとつ変えず双葉星蘭を見張るように立っている。

『何か変化が見られたら……』

　司空がどれだけ双葉星蘭を嫌っているかはあたしは知っ

ている。

　だからこそ……藁にもすがる思いで、双葉星蘭をここに
連れてきたんだとわかった。

　黒闇神夜明も同意の上なのか、現れた双葉星蘭にも無反
応だった。

「あんた、どうして……」

　鈴蘭を見て、目を見開いている双葉星蘭。

　現実を受け入れられないのか、鈴蘭を見たまま呆然とし
ている。

「学校に来ないと思ったら……何してんのよ……」

　鈴蘭のことは、まだ世間には公表されていない。

　披露宴の事件についてはまだ調査中らしく、情報が集ま
り次第報道されるらしい。

　だから、双葉星蘭も何も知らなかったんだろう。

「ねぇ……あたしがきてやったのよ……寝てんじゃないわ
よ」

　偉そうな口調とは裏腹に、声は情けないくらい震えてい
て、目からはぼろぼろと涙が溢れ出していた。

　鈴蘭の前で立ち止まり、しゃがみこんだ双葉星蘭。

『鈴蘭なんか……消えればいいって思ってたのに……』

「目、覚ましなさいよ……」

　嗚咽混じりに、鈴蘭に訴えかけている。

「あたしのこと、大事な妹だっていつも言ってるじゃない！
大事な妹がこんなに言ってるんだから、早く目覚めなさい
よ‼」

　鈴蘭……。

　必死の訴えも届くことはないのか、鈴蘭は目を閉じたまま。

　綺麗な寝顔を見て、あたしも涙が止まらなくなった。

　いつになったら目覚めてくれるの……鈴蘭……。

「ねえ、聞こえてるでしょ……」

『ねえ、お姉ちゃん……』

　最悪な未来が、脳裏をよぎった。

　もしこのまま鈴蘭の容体が悪化したら……？

　鈴蘭が……このまま目を覚さなかったら？

　あたしは……。

　鈴蘭と出会って、毎日が楽しくなった。

　学校に行くのが好きになって、毎日鈴蘭に会えるのが嬉しくて……。

　初めて心から、人を好きになった。

　鈴蘭はあたしを、幸せにしてくれたんだ。

　なのに、あたしは……。

　鈴蘭がピンチの時、いつも何もできない……っ。

　鈴蘭はいつだってあたしにいろんなものをくれて、いつだって助けてくれたのに……。

　鈴蘭……。

　お願いだから……目を覚まして……っ。

御伽噺

【side 夜明】

　鈴蘭が眠り続けて、1週間が経った。

　俺は毎日、何をするでもなく……ただずっと鈴蘭のそばにいた。

　ベッドに横たわっている鈴蘭を見つめながら、時間だけが過ぎていく。

　鈴蘭は眠っている姿も綺麗で、いつもならこの可愛い寝顔を見つめている時間がとても幸せに感じるのに、今はただただ恐ろしい。

　鈴蘭がもしこのまま、目を覚さなかったら……。

　そんな考えが頭から離れなくて、いつこの心臓が止まってしまうのか、医師からもう取り返しがつかない状況だと言われてしまうのか、毎日怯えて過ごしていた。

「夜明……」

　毎日のようにきている母親が現れて、部屋に飾ってある花瓶に新しい花をさした。

「少し、外に行かない？」

「……」

「ずっとそうしていても、何も解決しないでしょう？」

「……」

　誰に何を言われても、俺はここから離れない。

　ここから離れたら……今度こそ鈴蘭が、俺から離れて

いってしまう気がしたから。

　反乱軍がどうなっているのかは知らないが、まだ鈴蘭を狙っているやつらもいるだろう。

　俺が守らないといけない。

　俺が……。

　鈴蘭がこんなことになってしまった、元凶の俺が。

「なあ……」

　俺は重たい口を開いて、母親を見た。

「ひとつだけ頼みたいことがある」

　俺が話したことに驚いたのか、母親が目を見開いてこっちを見ている。

「な、なに？」

「能力者を探して、俺をあの日に戻してくれ」

　無理な頼みだとはわかっている。

　この世にはさまざまな能力を持った魔族が存在するが、時空を操る能力なんて所詮都市伝説だ。

　でも、そんなものに縋るしか、今は方法が思いつかない。

「過去に戻れたら……あんなことは、しない……」

　鈴蘭のためだと言い聞かせて、愚かなことをしたと今は猛省している。

　もちろん、今頃後悔したところで、鈴蘭が戻らないとはわかっているが……。

「鈴蘭が戻ってきてくれたら、他に何もいらない……」

　きっと今の俺を見たら、鈴蘭は悲しむだろう。

　かっこ悪い姿を見て、情けないと思われるかもしれない。

でも……もう無理なんだ。

俺はお前がいない世界で、生きていけない。

「……っ」

俺の叶えられもしない願いを聞いて、母親が困惑している。

「……出ていってくれ」

今はもう、誰の顔も見たくない。

何も考えられない。

「……また来るわ」

それだけを言い残して、出ていった母親。

再び鈴蘭とふたりきりになり、眠ったままの姿を見つめる。

ただひとり守ると誓った相手が、俺のせいでこんな目に遭ってしまった。

「本当に、すまなかった……何度でも謝る」

不安そうにしていることにも、俺に何かを訴えたがっていることにも……気づいていながら、気付かないふりをした。

そんな俺に、罰が当たったんだ。

「もうあんな過ちは繰り返さない。だから……」

鈴蘭の手を握って、神にもすがる思いで願った。

「戻ってきてくれ……」

何度願っても、鈴蘭の目は開かない。

恐ろしくなって、もう何回息をしているのを確認したのかもわからなかった。

　じっと鈴蘭を見つめると、小さな呼吸の音が聞こえて、安堵の息を吐いた。

　こんな時だというのに、鈴蘭は息をのむほど美しくて、まるでおとぎ話の眠り姫のようだと思った。

　そうだ……。

　いつか見た、おかしなおとぎ話を思い出す。

　眠る姫にキスをして、目を覚ますという夢物語だ。

　俺が本当に、鈴蘭の運命の相手なら……。

　藁にもすがる思いで、そっと眠る鈴蘭にキスをした。

　ゆっくりと離れて、その顔を覗き込む。

　綺麗な顔で眠ったままの鈴蘭を見て、静かに絶望した。

　おとぎ話は、所詮おとぎ話。

　やはり俺には……鈴蘭を救うことはできないのか……？

　このまま待つことしか……できないなんて……。

　シーツに顔を埋めて、無力な自分を恨みながら、ただきつく拳を握りしめた。

目覚め

　まるで鉛でもつけられているかの様に、体がずっしりと重い。

　ふわふわした感覚と、真っ暗闇の視界。まるで海の底に、少しずつ沈んでいる様な感覚だった。

　どこか居心地が良くて、目を瞑ったまま身を預ける。

『鈴蘭……』

　私の名前を呼ぶ声が聞こえて、ハッとした。

　ここにいたら、いけない……。

　私は……。

『戻ってきてくれ……』

　夜明さんのところに……帰らなきゃ。

「……っ」

　目が覚めると、真っ先に頭痛に襲われた。

　頭が……痛い……。

　倒れる前の記憶ははっきりとあった。

　私……生きてたんだ……。

　首を傾けると、ベッドに伏せている夜明さんの姿が見えた。

　私が目が覚めたことには、気づいていない。

「夜明、さん……」

　そっと名前を呼ぶと、夜明さんはぴくりと肩を跳ねさせ

た後、ゆっくりと顔をあげた。

「……っ」

　信じられないものを見る様な目で私を見て、立ち上がった夜明さん。

「え……」

　恐る恐る近づいてくる夜明さんは、何度も瞬きを繰り返していた。

「すず……」

　私はどのくらい眠っていたんだろう。

　夜明さんがこんな憔悴しているなんて……きっと、たくさん心配をかけてしまったに違いない。

　すぐに手を伸ばすため、体を起き上がらせようとした時だった。

「あ、れ……」

　起き上がれない。

　体が……いや、右腕が、動かない……。

　左腕は、かろうじて動いた。でも、何度動かそうとしても、右腕はぴくりともしない。

　もしかしたら……右腕に、後遺症が残ってしまったのかもしれない。

　すぐにそう察して、起き上がることを諦めた。

　これは……代償なのかな……。

　あの時、死さえ覚悟したんだ。

　命があっただけ、感謝しなきゃ。

「す、鈴蘭……俺が、わかるか……？」

「はい……夜明さん」

　横になったまま、夜明さんの声に答えた。

「……っ……すぐに医者を呼ぶ……！」

　焦ったように、何度もボタンを押した夜明さん。

　私に触れてもいいのか迷うように動いた手が、そっと右手に触れた。

「どこか、痛いところはないか？　気分は？」

「大丈夫、です……でも……」

　夜明さんの手の感覚がしない。

　繋がれた手を、握り返したいのに……。

「右腕が……動かなくて……」

　重なった夜明さんの手を、握り返すことができなかった。

「……っ」

　さっきまで、動揺しながらも希望に満ちていた夜明さんの表情が歪んだ。

　悲しんでいることがわかって、胸が痛む。

「あの……こっちの手に、触れてもらえませんか」

　そう言って左手を浮かすと、夜明さんはこわれものに触れるように手を重ねてくれた。

　私もその手を、ぎゅっと握る。

「よかった……これで握り返せました」

「……すず、らん……」

　よくみると……夜明さんの目、腫れてる……？

　もしかして……泣いていたのかな……。

　改めて、悲しませてしまったことを痛感して罪悪感に襲

われた。

「悪かった……」

　左手を両手で握って、自分の額（ひたい）に当てた夜明さん。

「鈴蘭……本当に、すまなかった……」

「夜明さん……」

　謝るのは……私のほうだ……。

　その後、すぐにお医者さんが駆けつけてくれた。

　夜明さんが連絡をしてくれたのか、検査が終わって病室に戻ると、お母さんや竜牙さん、黒須さんの姿もあった。

「鈴蘭ちゃん……よかった……っ……」

　泣きながらお母さんに抱きしめられて、私も涙が出そうになった。

　その後、反乱軍の人たちは全員無事だったこと、捕まったことも聞かされた。

　私が１週間以上、目を覚さなかったことも。

　その間……夜明さんはどんな気持ちでいたんだろう。

　想像するだけで、申し訳ない気持ちでいっぱいになる。

「失礼します」

　検査の結果を報告しに、お医者さんが病室にきてくれた。

「右腕は……」

　気まずそうに口を開いたお医者さんを見て、何を言われるのか覚悟した。

「神経損傷による影響かと思われます……現在の医療では、手術で治すことも不可能ですので、治療の見込みはないか

と……」

　もうこのまま……完全に、動かないってことか……。

　ショックだけど、覚悟していたからすぐに受け入れることができた。

　ただ……夜明さんやお母さんたちは、顔を真っ青にしている。

「どうにかして、治せないのか？　俺の魔力を注いで、鈴蘭が自己治癒を……」

　夜明さんの魔力を……？

　どういう理屈かはわからなかったけど、隣にいた黒須さんは残念そうに俯いて、静かに首を横に振った。

「女神の治癒能力は、自分自身には使えないのですよ。先祖の女神が能力の行使が原因で亡くなったのも、そのせいです。傷の治りが早いのは、あくまで自然治癒能力が高いだけで……」

　治す方法はないとわかって、夜明さんの顔はますます絶望に歪んだ。

　本当に……申し訳ない、な……。

「鈴蘭ちゃん……」

　お母さんも、言葉が見つからない様子だった。

「あの、私は平気です……！　あの時、死を覚悟しました。右腕が動かなくなったことくらい、かすり傷です」

　それに……。

「こんなことを言うのは、最低かもしれませんが……私は自分の選択を、後悔していません」

　もしまたあの時に戻っても、私は同じ選択をする。

「それよりも……本当に、ごめんなさい……」

　本当は目が覚めた時に、真っ先に謝りたかった。

　夜明さんにも……お母さんにも……。

「勝手なことをして……皆さんに……心配をかけてしまって……」

　心配だけじゃなく、きっと責任も負わせてしまったはずだ。

　お母さんの声を無視して飛び出して、夜明さんとの約束を破って能力を使った。

　私はふたりを裏切ったんだ。

「もし……」

　ぎゅっと、きつく目を瞑る。

「私が、夜明さんの婚約者に、ふさわしくないと判断された場合は……」

　容赦無く、見限って欲しい。

　婚約が破棄になっても仕方がないことをしてしまったと思っているから。

「やめてくれ」

　私がその先を言葉にするよりも先に、夜明さんが口を開いた。

「そのようなことを言うやつはいない。誰も鈴蘭を責めるつもりはない」

　夜明さん……。

「こんな目に遭わせて……すまなかった」

　私を見て、苦しそうに顔を歪めている夜明さん。

「本当に、すまなかった……」

「いえ……謝るのは私のほうです……約束を破って、ごめんなさい……」

　謝罪もだけど……もうひとつ、夜明さんに伝えないといけないことがある。

「夜明さん……お話したいことが、あるんです」

　私の言葉に、夜明さんは不思議そうにした後、静かに頷いた。

「それじゃあ、あたしたちは外で待っているわ」

　お母さんたちが、気をつかって病室から出ていった。

　ふたりきりになって、夜明さんがベッドの横にある椅子に座る。

「どうした？」

「まず……改めて、こんなことをしてすみませんでした。夜明さんが悲しむことも、お母さんやお父さんを悲しませてしまうこともわかっていたのに……」

「謝らないでくれ」

「……はい、夜明さんがきっとそう言ってくれることも、わかっていました。でも……私たちはきっと、根本的なところから……考え方がすれ違っていたんだと思います」

　私をひたすらに守ろうとしてくれた夜明さん。

　夜明さんに、誰かを傷つけてほしくなかった私。

　どんな理由があっても……夜明さんが私のせいで罪をおかしてしまったら、私は私を許せなかった。

「夜明さん……」

　私は覚悟を決めて、ゆっくりと口を開いた。

「私たち、一度距離を置きませんか？」

　披露宴が終わったら、言おうとしていたこと。

「……は？」

　病室に、夜明さんのひどく困惑した声が響いた。

絡まった糸

「何を、言ってるんだ……？」

　私を見つめる夜明さんの瞳が、見たこともないほど動揺している。

　私の言っている意味が理解できないというより、理解を拒んでいるみたいに見えた。

「今の私たちは……一緒にいるべきではないと、思いました」

「……どうして、そんなこと……」

「今回、夜明さんは私に隠れて、ひとりで全部解決しようとしてましたよね……？」

　一方的に甘えて、守ってもらって……私は全部を、夜明さんに背負わせすぎた。

　私が弱いから、夜明さんはあんな行動に出てしまったんだ。

「夜明さんが、私に心配をかけないようにって、いつも私のことを優先してくれるのは嬉しいです。大事にされてるって、ちゃんとわかってます。でも……」

　全部私のせいだから……いま私は、夜明さんと一緒にいるべきではない。

「自分が夜明さんの重りになってしまっているようで、ずっと……申し訳ない気持ちでした。今、私と夜明さんが一緒にいたら、きっとふたりともダメになります」

　こんな関係は……間違ってる。

　一方的に私が寄りかかっている状態でいたら、いつか夜明さんにも限界が来るはずだ。

「私は夜明さんの負担になっています」

「違う……っ」

　取り乱しているのか、夜明さんはいつもより声を荒げた。

　いつも冷静な夜明さんが、表情を崩してひどく焦っているのがわかる。

「負担になんてなっていない……！」

「私自身がそう感じてるんです」

　今回は、私も折れるつもりはない。

　もう決めたんだ。

「お願いです……一度、時間をください」

「……」

「夜明さんがいなくても平気なように……自分の身は自分で守れるようになりたいんです」

　私は左手で、そっと夜明さんの頬に触れた。

「あなたにふさわしい人に、なりたいから……」

　今のままじゃいけないから。

　必ず、夜明さんにふさわしい人になって、また一緒にいられるように努力するから……時間がほしい。

　このまま夜明さんに甘え続けることだけはしたくない。

　夜明さんが、私を見て苦しそうに下唇を噛んだ。

　こんなことを言ってごめんなさい。

　でも……わかってほしい。

「無理、だ……」

　夜明さんの表情を見て、私は目を見開いた。

「それだけは、無理だ……頼む……考え直してくれ……」

　苦しそうに細められた瞳から、一筋の涙が溢れていた。

　驚いて言葉を失っている私を、夜明さんはそっと、でも力強く抱きしめた。

「お願いだ……離れるなんて、言わないでくれ……」

「……夜明さん……」

「鈴蘭がいないと生きていけないのは……俺のほうなんだ……」

　まだ万全ではない私を気遣って、抱きしめる力を加減しようとしてくれているのがわかる。

　夜明さんの手は震えていて、すがるように私の首に顔を埋めてきた。

　首筋に、ひんやりと冷たい感触がする。

「今回のこと……本当に悪かった……もうこんな暴走はしないと、約束する……」

　夜明さんは距離をおくこと、一度は反対するだろうけど、受け入れてくれると思った。

　いつだって私の気持ちを尊重して、よほどの事情がない限り、ダメと言わない人だったから。

　でも……。

「だから……なんでもするから、離れる選択だけは選ばないでくれ……」

　今回の私の提案が、夜明さんにとっては〝よほど〟のこ

とだったんだとわかって、胸が苦しくなる。

　こんな切実な夜明さんは、見たことがない。

「ずっとってわけじゃないですよ？　少しの間……」

「少しの間でも無理だ」

　すぐにそう言って、また抱きしめる力を強めた夜明さん。

「もう、少しも、離れたくないんだ……っ」

　堪えきれずに私の瞳からも涙が出てきて、夜明さんの服にシミを作っていく。

「頼む鈴蘭……お願いだ……」

「……」

「お前がいなければ……生きていけない……」

　……夜明さんをまた深く傷つけてしまった。

　そんなつもりはなかったと言っても遅いけれど、私はただ少しだけ離れて、お互いのことを見つめ直したり、私自身が自立するまでの時間がほしいと思って言ったことだった。

　まさか……こんなに引き止められるなんて思っていなかった。

「俺が全て悪かった……全部直す、鈴蘭の言う通りにする」

　夜明さんは私にしがみつくように抱きついてそう言った。

「夜明さん、私はそういうことが言いたいわけじゃ……」

「なら……どうすれば、俺のそばにいてくれる……？」

「……ごめんなさい。私が一方的なことを言ってしまいました」

　ひとまず夜明さんを安心させたくて、左腕で抱きしめ返した。

　両手でぎゅっとできないことが、焦ったい。

「鈴蘭……」

「ほんとにごめんなさい。夜明さんの気持ちを考えきれていなかったです」

　離れることが最善だと思っていたけど……探せばもっと他にも、方法はあったはずだ。

　言い出したのは私だけど……こんなふうに震えている夜明さんから離れるなんて、とてもできない。

　夜明さんは私が思っていた以上に……ただただ私がいなくなることに、怯えていたのかもしれない。

　そんな夜明さんの気持ちを……わかってあげられなかったのは、私のほうだ。

　あの時、軽率に能力を使ってしまったことも……。

「違う……考えられなったのは、俺だ……全部一方的な押し付けでしかなかったと今なら理解できる。俺のやったことは、全て自己満足だった」

　言葉を詰まらせながら、自分の気持ちを話してくれる夜明さん。

「俺は鈴蘭がいないと生きていけない。だから、鈴蘭の敵になるものは全てこの手で排除しようと思った。自分の幸せを守るために。鈴蘭の気持ちも、考えずに……」

「夜明さんが大事にしてくれているのは、本当にわかっています。その上で、もっと話し合いたかったんです」

　もっと早くに、こうしていればよかった。

　ただ夜明さんに言われるがまま、1ヶ月間離れて、見守ることしかできなくて……そう思っていたけど、行動しなかったのは私のほうだ。

「話してほしかったんです……これは私のわがままです」

　きっと夜明さんは、最初からそう伝えていれば、私に話してくれたはずなのに。

「鈴蘭の性格上、こんな一方的な守り方をしても責任を感じさせるだけだと、考えればわかったことなのに……焦りすぎて、冷静な判断もできなくなっていた。もうこれからは、こんな自分勝手なことはしない……約束する」

　私を抱きしめたまま、約束してくれた夜明さん。

　私は知ってる。夜明さんは、約束を破らない人だってこと。

　それなのに私は……そんな夜明さんとの約束を破ってしまった……。

「だから……離れていかないでくれ」

「はい……約束します」

　もうこれからは、破らない。

「本当か……？」

　ゆっくりと顔をあげた夜明さんが、濡れた瞳で私を見ていた。

「はい。さっきの言葉は撤回します」

　左手でそっと頬を撫でると、夜明さんは安心したようにその手に自分の手を重ねた。

「これからは……ちゃんと話したいです」

　もうこんなふうに、すれ違うのは嫌だから。

望むのはただひとつ

【side 夜明】

鈴蘭が目を覚ました時、ようやく生きた心地がした。

もう目覚めないかもしれないという最悪の妄想ばかりしていたから、奇跡が起こったのだと歓喜した。

ただ、鈴蘭の右腕が動かなくなったと知って、俺は再び絶望した。

鈴蘭がこんなふうになったのは……俺のせいだ。

俺は、鈴蘭が生きていてくれただけでもう十分だが、鈴蘭の気持ちを思うとなんて言葉をかけていいのかもわからない。

効き手が使えなくなって、これからの生活で不便を強いられるようになるだろう。

俺の右腕をやれたらいいのに……。

そんなことは不可能だとわかっているが、できるかぎり鈴蘭が今まで通り過ごせるように、俺が右腕になろうと思った。

これからは……もう何があっても、この前のように1ヶ月以上離れるようなことはしない。

どんな理由があっても、ずっと鈴蘭のそばにいて、俺が守り続ける。

そう、思ったのに……。

「夜明さん……私たち、一度距離を置きませんか？」

　鈴蘭にそう言われた時、目の前がまた真っ暗になった。

「……は？」

　いつもの優しい穏やかな瞳ではなく、覚悟を決めたようなまっすぐな瞳で俺を見ている鈴蘭。

　鈴蘭の中で、意志は固まっているのだとその目を見てすぐに気づいた。

「何を、言ってるんだ……？」

　距離を、置く……？

「今の私たちは……一緒にいるべきではないと、思いました」

「……どうして、そんなこと……」

「今回、夜明さんは私に隠れて、ひとりで全部解決しようとしてましたよね……？」

　鈴蘭の言う通りだ。何も否定できない。

「夜明さんが、私に心配をかけないようにって、いつも私のことを優先してくれるのは嬉しいです。大事にされてるって、ちゃんとわかってます。でも……自分が夜明さんの重りになってしまっているようで、ずっと……申し訳ない気持ちでした」

　鈴蘭が時折不安そうにしていることに、気づかなかったわけじゃない。

　それでも、俺は自分の行動が正しいのだと決めつけて、鈴蘭には何も伝えずこの前の計画も実行に移した。

　これは、鈴蘭の気持ちを無視した報いなのか。

「今、私と夜明さんが一緒にいたら、きっとふたりともダ

メになります」

　嫌だ……。

「私は夜明さんの負担になっています」

「違う……っ！　負担になんてなっていない……！」

「私自身がそう感じてるんです」

　どうすれば……俺のこの想いは鈴蘭に伝わるんだろう。

　本当に負担なんて、少しも思ったことがない。

　それどころか、俺は……。

「お願いです……一度、時間をください」

「……」

「夜明さんがいなくても平気なように……自分の身は自分
で守れるようになりたいんです」

　そんなことは……望んでいない。

「あなたにふさわしい人に、なりたいから……」

　鈴蘭の願いはなんだって叶えてやりたいと思った。

　でも……。

「それだけは、無理だ……頼む……考え直してくれ……」

　みっともないとわかっていても、溢れる涙を止めること
ができなかった。

　離れていかない様に、強く鈴蘭を抱きしめる。

　右腕のことを考える余裕も、今の俺にはなかった。

「お願いだ……離れるなんて、言わないでくれ……」

「……夜明さん……」

「鈴蘭がいないと生きていけないのは……俺のほうなん
だ……」

　すがるように、鈴蘭の首元に顔を埋める。

　ひとりで生きていけるようになんて、ならないでくれ。

　ふさわしい人なんて、一体誰の基準で、誰の評価で決めるんだ。

　俺は鈴蘭しか考えられない。

　誰がなんと言おうと、鈴蘭だけだ。

　それが……全てだ……っ。

「今回のこと……本当に悪かった……もうこんな暴走はしないと、約束する……だから……なんでもするから、離れる選択だけは選ばないでくれ……」

「ずっとってわけじゃないですよ？　少しの間……」

「少しの間でも無理だ」

　鈴蘭と会えなかった1ヶ月間、想像していた以上に辛かった。

「もう、少しも、離れたくないんだ……っ」

　鈴蘭が眠っている間、生きた心地がしなかった。

「頼む鈴蘭……お願いだ……」

「……」

「お前がいなければ……生きていけない……」

　言葉のあやなんかじゃない。

　鈴蘭がいないと、もう俺は俺でいられない。

「俺が全て悪かった……全部直す、鈴蘭の言う通りにする」

「夜明さん、私はそういうことが言いたいわけじゃ……」

「なら……どうすれば、俺のそばにいてくれるんだ……？」

　鈴蘭が考え直してくれるなら、なんだってする。

「……ごめんなさい。私が一方的なことを言ってしまいました。夜明さんの気持ちを考えきれていなかったです」

　そう言って、左手で優しく抱きしめてくれた鈴蘭。

「考えられなったのは俺のほうだ……全部一方的な押し付けでしかなかったと今なら理解できる」

「夜明さんが大事にしてくれているのは、本当にわかっています。その上で、もっと話し合いたかったんです」

　不安そうに、俺を見ている鈴蘭。

「話してほしかったんです……これは私のわがままです」

　わがままなんかじゃない……。

「鈴蘭の性格上、こんな一方的な守り方をしても責任を感じさせるだけだと、考えればわかったことなのに……焦りすぎて、冷静な判断もできなくなっていた」

　鈴蘭の気持ちを、もっと大事にしてやればよかった。

　そうしたら、こんなすれ違いも、こんなことにもならなかった……。

　右腕も……。

「もうこれからは、こんな自分勝手なことはしない……約束する」

　誓いを込めて、再び鈴蘭を強く抱きしめた。

「だから……離れていかないでくれ」

「はい……約束します」

　え……？

「本当か……？」

「はい。さっきの言葉は撤回します」

　鈴蘭の顔が、いつもの柔らかい表情に戻った。

「これからは……ちゃんと話したいです」

「ああ、何かあれば、全部言ってくれ……」

　離れていかないと言ってくれた鈴蘭に、俺は今度こそ心から安心することができた。

【XII】変わるものと
　　　変わらないもの

ただいまのキス

　約束を交わした後、夜明さんは少しの間私から抱きついて離れなかった。

「……落ち着きましたか？」

　ゆっくりと顔をあげた夜明さんにそう聞くと、恥ずかしそうに眉の端を下げていた。

「ああ……取り乱して悪かった。……みっともないところを見せた……」

「ふふっ」

　みっともなくなんてないのに。

　むしろ、夜明さんの気持ちが改めて聞けてよかった。

　私も、夜明さんの気持ちをわかってあげられていなかったと、気づくことができたし……やっぱり、話し合うって大切だ。

　これからは、思ったことがあれば口にして、夜明さんの気持ちにもいち早く気づいてあげられるようにしたい。

　夜明さんがこんなふうに泣くなんて、今日までよっぽど不安だっただろうから……。

「……幻滅したか？」

　不安そうに私を見つめる夜明さんに、慌てて首を横に振る。

「そんなことありません……！」

　私が夜明さんに幻滅するなんて、ありえない。

「夜明さんのことがまたひとつ知れた気がして、嬉しいです」

　それに……。

「私は夜明さんにとって、相談ができないくらい頼りない存在だと思っていたんです」

「そんなことは……」

「はい。さっきの言葉でわかりました。夜明さんはただただ私を心配して、全部から守ろうとしてくれていたんですよね」

　頼りになるとかならないとか、そんなことも考えられないくらい、ただ私を危険から遠ざけようと必死になってくれていたに違いない。

　何も考える余裕がなかったんだと、今ならちゃんと理解できる。

「……この１週間、生きた心地がしなかった。今俺の腕の中に鈴蘭がいてくれるのは、奇跡だな……」

　噛み締めるようにそう言って、もう一度強く抱きしめてくれた夜明さん。

　私も今すぐ抱きしめたいのに、それができないことがもどかしい。

「ごめんなさい……」

「ん？」

「今めいっぱい夜明さんを抱きしめたいのに、できなくて……」

　左腕だけなんとか大きな背中に回して、ぎゅっと力を込

める。

　本当は、両手で包み込みたい。

　右腕が動かないことが悔しくて、下唇を嚙みしめた。

「鈴蘭がいてくれるだけでいい」

　心からそう思ってくれていることがわかるからこそ、な
おさら夜明さんを抱きしめたくなった。

「それに……腕のことは……すまなかった……俺が勝手な
行動をしなければ……」

　苦しそうに顔を歪めて、そっと私の右腕に触れた夜明さ
ん。

　夜明さんのせいじゃない。

　それに、反乱軍の人たちは全員助かったと聞いた。

　この腕を犠牲にして、たくさんの人の命が救われたなら、
勲章だと思える。

「これからのことを話しましょう」

　過去を悔やんでも仕方がないし、私は夜明さんとの未来
を考えたい。

「もうすれ違いたくありません。ずっと一緒にいたいのは、
私も同じです」

「鈴蘭……」

　夜明さんもわかってくれたのか、笑顔で頷いてくれた。

「そう……だな」

　夜明さんが隣にいてくれたら……どんな未来だって、幸
せなはずだから。

　私が倒れてから、反乱軍の人たちはどうなってるんだろ

う。莇生さんも……確か、あの時は逃亡したはず。

　夜明さんや、黒闇神家の人たちはまだ狙われているのか
な?

　美虎ちゃんたちも……無事に過ごしているのかな?

　1週間も眠っていたから、気になることはやまほどあっ
た。

「あれから、何か変化はありましたか?」

　私の質問に、夜明さんは困ったように眉を顰めた。

「実は、鈴蘭が眠ってから1週間……どうなっているのか
俺も知らないんだ」

「え?」

「外の情報は全て遮断して、鈴蘭と一緒にここにこもって
いたから」

　知らなかった事実を聞いて、私は笑顔を返した。

「ずっとそばにいてくれたんですね」

　つきっきりで、守っていてくれたのかな。

「駄々を捏ねて離れなかっただけだ。周りのやつらにも、
随分心配をかけただろうな」

「実は、眠っている時に……夜明さんの声が聞こえたんです」

「え?　そう、なのか……?」

「はい。それで……夜明さんのところに帰らなきゃって
思って、目が覚めました」

　左手をそっと夜明さんの手に重ねて、恋人繋ぎのように
握る。

「夜明さんが私を引き戻してくれたんですね」

　あのまま声がしなかったら、ふわふわした感覚のまま、あそこに居座っていたかもしれない。

「そうか……おとぎ話の中だけの話だと思っていた」

「え？」

　心当たりがあったのか、言いにくそうにこほんと咳払いした夜明さん。

「……さっき、眠っている鈴蘭にキスをしたんだ……勝手にして悪かった」

　そんな可愛いことを聞かされて、思わず胸が高鳴ってしまう。

「どうして謝るんですか」

　夜明さん、可愛い……ふふっ。

「あの……」

「ん？」

「もう一度……」

　自分からキスをねだるなんて恥ずかしいけど、そう言ってそっと目を瞑る。

「……鈴蘭……」

　夜明さんは私の名前を呼んで、望んだ通りに優しい口づけをしてくれた。

「本当に……戻ってきてくれて、ありがとう」

「ただいまです、夜明さん」

「ああ……おかえり」

　私たちはお互いの存在を確かめ合うように、再び強く抱きしめあった。

愛する日常

　病室に戻ってきてくれたお母さんと黒須さん、そして駆けつけてきてくれたお父さんから、現在の状況について詳しく説明を受けた。
「それと……気になっていたんですが、今回どうして私は無事だったんでしょうか」
　美虎ちゃんと雪兎くんといた日。あの能力を使った時よりも、何倍もの力を使った。
「あの瞬間、死を覚悟しました」
　右腕が動かなくなったとはいえ……どうして生きているのか、不思議なくらい。
「それは……夜明が魔力を使ったからだよ」
　お父さんの言葉に、益々疑問が膨らむ。
　夜明さんが、魔力を……？
「新しい能力を手に入れたんだ」
　夜明さんはそう言って、私の手に触れた。
「どうだ？」
　触れられた箇所から、温かいものが流れ込んでくるような感覚がした。
「力が込み上げてくるような感覚があります」
「この能力は、他者に自分の魔力を分けることができる」
　そんなことが、できるの……？
「そうすることで、鈴蘭が命を消費せずに済むと思って手

に入れた」

　夜明さん……。

　私が知らないところで、そんなことまでしてくれていた
なんて……。

「あの日も使ったが……間に合わなかったのか、距離が離
れていたからうまく供給ができなかったらしい。そのせい
で、その右腕も……」

　悔しそうに下唇を噛み締めている夜明さんを見て、首を
横に振った。

「あの日も、夜明さんが守ってくれたんですね」

　夜明さんが咄嗟に助けようとしてくれたから……今私は
ここにいるんだ。

「やっぱり、私のヒーローです」

　微笑んだ私を見て、ますます顔を歪めた夜明さんは、一
目も憚らず抱きしめてきた。

「……鈴蘭……」

　驚いたけど、苦しそうな声に名前を呼ばれて何もいえな
くなる。

「これから、少しずつ練習してもいいか？　万が一の時に、
今度はちゃんと鈴蘭を守れるように」

「はい……お願いします」

　そして、あの日いた昼行性の人たちのその後についても
聞いた。

　反乱軍の魔族は全員捕まり、捕らえられていること。

　莇生さんも捕まったこと。

　そして、もう昼行性（ダイアーナル）の人たちに、反乱の意志はないこと。

　夜明さんは信用できないと言っていたけど、あの場にいた昼行性（ダイアーナル）の人たちは、私に謝罪がしたいと言ってくれているみたいだった。

　近々彼らの罪を決める裁判が行われるそうで、お父さんはできれば私と夜明さんにも出席してほしいそうだ。

「俺は出席するが、鈴蘭は……」

　私が参加することをよく思っていないのか、夜明さんがちらりとこっちを見た。

「夜明さん、私も……出席したいです。昼行性（ダイアーナル）の人たちがどうしてあんな行動に出たのか……これから、協力し合う未来はないのか、話したいです」

「……」

　ダメ……かな……。

「……わかった」

　夜明さんの返事に、ぱあっと顔を明るくさせる。

「……だが、俺の側から離れないでくれ」

「はいっ……」

　よかった……。

　もう、守られてばかりで、何も知らないのは嫌だ。

　今回のこと、詳しい事情はわからないけど……女神の生まれ変わりという宿命を背負っている私にも、反乱の原因があったはず。

　自分のその宿命を受け入れると決めたから、できるならこの力を、良い方向に使いたい。

　苦しむ人を増やすんじゃなくて、ひとりでも多くの人を救いたい。

　私が……夜明さんに救われたように。

「ふたりとも、きちんと話し合えたようだね」

　私たちを見て、お父さんが嬉しそうに微笑んだ。

　夜明さんとの関係についても周りの人たちにも、心配をかけてしまっていたみたいだ。

　微笑ましそうに見つめてくれるお父さんたちの視線に、少し恥ずかしくなった。

「裁判の日は3日後だ。それまで、ゆっくり休んでいてね」

「右腕のことも……あたしたちも、治療方法を調べてみるわ。それらしい能力者を知っている魔族に、片っ端から連絡してみるわね」

　優しい言葉をかけてくれるお父さんとお母さんに「ありがとうございます」と伝えると、2人は笑顔で病室を出ていった。

　夜明さんとふたりきりになり、優しく頭を撫でられる。

「まだ体調も万全ではないだろう。父親が言っていたとおり、今日はゆっくり休んでくれ」

　私は十分眠ったから、疲れは感じていないけど……それよりも夜明さんが心配だ。

「夜明さんも、隈が……」

　そっと左手で目の下をさわると、夜明さんはハッとしていた。

「ああ、そういえば、安心したら急に眠気がきたな。俺も、

今日はここで休んで行ってもいいか？」

「もちろんです」

　ずっと眠っていなかったのかな……？

　1週間そばに居続けてくれたって言っていたし……今日はゆっくり眠って欲しい。

「鈴蘭がいてくれるから、今日は久しぶりにいい夢が見れそうだ」

　嬉しそうな夜明さんがベッドに座った時、病室の扉が勢いよく開いた。

　現れたのは……美虎ちゃんと雪兎くんと、百虎さんの3人。

「鈴蘭が、目覚めたって、きい……」

　言い切るよりも先に私に気づいた雪兎くんが、目を大きく見開いた。

　その瞳から、静かに涙が溢れ出した。

「雪兎くん……」

「……っ」

　声にならない声を出した雪兎くんが、私のほうへ駆け寄ってくる。

　勢いのまま、強く抱きしめられた。

「ゆ、雪兎くん、あの……」

「……っ、た……」

「え……？」

「よかっ、た……っ、よかった……」

　雪兎くん……。

　夜明さんだけじゃない……みんなも、どんな気持ちで私が目を覚ますのを待っていてくれたんだろう……。

「鈴蘭……鈴蘭……」

「本当に、鈴ちゃんだっ……」

　美虎ちゃんと百虎さんも、雪兎くんの上から覆いかぶさるように抱きしめてきた。

「心配かけて……ごめんなさい」

「もう、無茶するなよ……」

「……戻ってきてくれたから……もうそれだけで……いい……」

「本当によかった……」

　泣きながら抱きしめてくれるみんなを見て、自分の行動は軽率だったと改めて反省した。

　今までは、私がどうなっても、誰も見向きもしないと思ってた。

　でも今の私には……こんなふうに心配してくれる人がたくさんいる。

　私が傷つくことを、私以上に悲しんでくれる人たちがいるんだ。

　もうみんなを泣かせないようにしなきゃ……。

「ありがとう……」

　ごめんなさいよりも感謝を伝えたくて、その言葉を口にした。

「なんか……やっと、うまく呼吸ができた気がする」

　ははっと笑った竜牙さんは、抱きしめる腕をほどいて私

を見た。

「鈴ちゃんが目を覚さないって聞いて、みんな亡霊みたいになってたから」

「お兄ちゃんだって……魂抜け落ちてた……」

「うん、そうだね。雪兎も」

「お、俺はっ……ちっ……しかたねーだろ……」

　私……生きていて、本当によかった……。

「鈴蘭……！」

　大きな足音と一緒に、病室に響いたもうひとつの声。

「星蘭……！」

　まさかの星蘭の登場に、びっくりして大きな声が出た。

　後ろには、ため息をついている竜牙さんの姿が。

「……特別に許可しました」

　竜牙さんが連れてきてくれたのかなっ……？

　星蘭は私を見ながら、ぽかんと固まっている。

「せ、星蘭……？」

　もう一度名前を呼ぶと、その大きな瞳から、大粒の涙が溢れ出した。

　星蘭は滅多に泣かない子だから、泣き出したのを見て驚いてしまう。

「バカ……！！」

　大きな声でそう叫んで、星蘭は私を抱きしめてきた。

「あたしを置いていくなんて、許さないんだから……！」

　星蘭……。

「たったひとりの、姉妹でしょ……あんたがいなくなった

ら……」

　痛いくらいに抱きしめてくる星蘭。苦しいのに嬉しくて、私も感情がぐちゃぐちゃだ。

「ごめんね星蘭……いなくならないから、泣かないで」

　左手でそっと頭を撫でると、星蘭はますます力を強くした。

「あんただって……」

　私が泣くのは当然だ。

　だって、大好きな妹が、自分のために涙を流してくれているんだもん。

　不謹慎だってわかっているけど……。

「星蘭が私のために泣いてくれて、嬉しいの」

　こんなに嬉しいことはない。

「ふふっ、ありがとう」

「ほんと馬鹿……」

　最近は星蘭からの"馬鹿"は愛情表現だと思っていたけど、今は一層そう感じた。

　大好きだって、言われている気持ちになった。

　ああ……星蘭のこと、ぎゅっと、抱きしめたいな……。

　なんとか腕を動かそうとするけど、どうしても右腕が動いてくれない。

「……お姉ちゃん？」

　星蘭と周りにいたみんなも違和感に気づいたのか、心配そうに私を見ていた。

「ごめんなさい……右腕が、動かなくなっちゃったの」

　私の言葉に、顔を青くしているみんな。

「は……？　そん、な……」

「でも、左は動くから大丈夫！　これからは左利きになろうと思って……！」

　悲しい顔をしてほしくなくて、笑顔でガッツポーズをした。

　だけど、星蘭の顔はますます歪んでいって、溢れる涙も勢いを増している。

「な、泣かないで、星蘭っ……」

　ごめんね……。

「……あたしが……あんたの右腕になるわ」

「え？」

「だから、何かあったら言いなさい。あんたの命令ならなんでも聞いてあげるから」

「星蘭……」

　ほんとに……星蘭は、変わったな……。

　前の星蘭だって、素直で可愛くて、大切な妹なことは変わらないけど……。

「今星蘭のこと、すごく抱きしめたい」

　こんなふうに、想いを返してもらえる日が来るなんて。

　私……星蘭のお姉ちゃんでよかった。

「……馬鹿」

「ふふっ、星蘭の馬鹿は愛情表現だよね」

「ちょっと、調子に乗るんじゃないわよ！」

　いつもの星蘭に戻ったのを見て、また笑顔が溢れた。

もう二度と

【side 雪兎】

　鈴蘭が目覚めた日は、再会を喜んでからすぐに帰った。

　鈴蘭も疲れているだろうし、後日改めてまた来ようということになった。

　そして二日経った今日、百虎と百虎妹と一緒に病院にきている。

　今日は日曜日だし、少しはゆっくり話せるだろう。

　最近鈴蘭とまともに話せていないから、話したいことが山ほどあった。

　柄にもなくわくわくしながら鈴蘭の病室へ向かう。

　ノックをして扉を開けた百虎に続いて中に入ると、そこに鈴蘭の姿はなかった。

　あったのは、つまらなさそうに椅子に座っている夜明さんの姿。

「鈴ちゃんは？」

「今は……検査中だ」

　びっくりした……何かあったのかと思った……。

　ただの検査だとわかって、ほっと胸を撫で下ろす。

　鈴蘭の身に何か起こったかもしれないと考えただけで、心配でおかしくなりそうだ。

　今は体調も落ち着いていて、これ以上回復の傾向にあると聞いたから、このまま元気になるのを祈るばかりだった。

「そっか。ここで待っててもいい？」

「ああ」

　3人で病室に入ろうとした時、外から竜牙さんも現れた。

「おはようございます。皆さんもきてくださってたんですね」

「竜牙さん、お疲れ様です」

　竜牙さんの目の下には隈ができていて、前よりも少しやつれたように見える。

　ただ、表情は明るくて、晴れやかな顔をしていた。

　竜牙さんも鈴蘭が目を覚さなかった時、死にそうな目をしていたし……安心したんだろうな。

「鈴ちゃんが目を覚まして、よかったね」

　夜明さんは心底安心したように「ああ……」とつぶやいた。

「でも……」

　百虎妹が、何か言いたげに口を開いた。

　……きっと、右腕のことを言おうとしているんだろう。

　俺たちも……右腕が動かなくなったと聞いた時は、ショックだった。

　何よりも、鈴蘭が悲しんでいることが辛かった。

　今までのような生活は送れないだろうし、どうやったって周りの手が必要になる。

　もちろん、俺たちは支えるつもりだし、鈴蘭の手足になれるなら喜んで動く。

　でも……鈴蘭はきっと、俺たちが何かするたび、申し訳

なさそうに「ありがとう」と言うんだろう。

　頼るのが苦手な鈴蘭だから、きっと罪悪感を抱えながら生きていくんだろうと思う。

　それが想像できるから……辛い。

「……俺のせいだ」

　夜明さんは、苦しそうにつぶやいた。

　披露宴の日の出来事はもう聞いたから知っている。

　反乱軍を守るために、鈴蘭が能力を使ったことも。

　夜明さんは、自分が反乱軍を倒そうとしたからだと言って……責任を感じていることも知っている。

　夜明さんのせいでは絶対にないし、元はといえば反乱軍のやつらが全ての原因だけど……そんなことを言っても、慰めにしか聞こえないだろう。

「鈴蘭の右腕は、どんな手段を使っても治す。何年かかっても……」

　鈴蘭は女神の生まれかわりとはいえ人間だし、今の医療では到底不可能だと思うけど……俺も、できることなら治る道を探したいと思っている。

「ねえ、あたしの腕を鈴蘭に移植することはできないの？」

　突然病室に響いた、俺たち以外の声。

　双葉……星蘭？

　こいつ、いつからここに……。

　それに、移植だと？

　過去の罪滅ぼしのつもりか……？

「……何を言って……」

　竜牙さんが、双葉星蘭を睨んだ。

「本気よ。右腕くらいくれてやるわ。あたしたちは双子だし、顔は似てないけど、身長も体重も、手の大きさも同じよ」

　こいつの目が、冗談を言っているようには見えない。

　認めたくはないが、ここ数ヶ月こいつの姿を見て……こいつは変わったと思う。

　こいつが心を入れ替えたというよりも、鈴蘭の優しさに絆されて変わったって言い方のほうが正しいけど……こいつは本当に、鈴蘭のためならなんでもする覚悟なのかもしれない。

　夜明さんは静かに目を閉じて、口を開いた。

「鈴蘭の腕を見ただろ。外傷があるわけじゃない。腕が動かないのは神経のほうに問題がある」

　百虎の妹が、堪えきれない様子で笑った。

「あんた、馬鹿……」

「なっ……！」

　本当に馬鹿だ……でも……その気持ちだけは、信じてやらないこともない。

　こいつのことは、一生認めないけど。

「身長も体重も手の大きさも同じでも、頭は全然ちげーな」

「……黙りなさい出来損ないコンビ」

　……やっぱり、こいつはいつか滅ぼそう。

「ただ……お前の気持ちは伝えておく。鈴蘭が喜ぶだろうからな」

　夜明さんも、少しずつ双葉星蘭に対しての対応が変わっ

ている気がする。

　今もこいつへの恨みは残っているんだろうが、鈴蘭がいつも嬉しそうにこいつの話をするから、引き離す気はもうないんだろう。

「鈴ちゃんの腕を治す方法、俺も調べるよ」

「俺も」

「あたしも……」

「そうですね。世界中探せば、でたらめな能力を持った魔族がひとりくらい見つかりますよ」

　俺たちの言葉に、夜明さんはふっと笑った。

「ありがとう」

　あれ、夜明さん……なんか、雰囲気が……。

「夜明……ちょっと丸くなった？」

　俺と同じことを思ったのか、百虎がそう言って首をかしげた。

「ええ。披露宴の前まで、殺気立っていた人と同一人物とは思えませんね」

　本当に、少し前の夜明さんは声をかけるのも躊躇うほどいつも怖い顔をしていた。

「変わると約束したからな……鈴蘭と」

　結局、夜明さんの行動理由はいつだって鈴蘭なんだな……。

「俺はもう俺を見失わない。鈴蘭がいてくれる限り」

　決意を固めたように、顔をあげた夜明さん。

「もちろん、鈴蘭に危害を及ぼすものには今後も容赦しな

いが……手段は選ぶことにする」

　夜明さんも、考え方を改めてくれたみたいでよかった。

　これで、鈴蘭も一安心だな。

「今は鈴蘭が生きていてくれたことに、ただ感謝したい」

「そうですね……」

　竜牙さんも百虎も、百虎妹も、静かに頷いている。

　俺も……鈴蘭が無事でいてくれたことに、今は感謝しか
ない。

「ふん、呑気ね。鈴蘭をあんな目に遭わせたやつらはどう
するの？」

　水を差すような双葉星蘭の発言に、ため息を吐いた。

「お前……自分の過去の行い忘れたのかよ」

「そうよ……あんたが言える立場じゃ……」

「うるさいわよ」

　こいつ……ほんとに鈴蘭の妹なのか……？

　マジで、共通点が見当たらねぇ……。

「そういえば、３日後に裁判があると言っていましたね」

「ああ……鈴蘭も出席することになった」

　そうなのか……？

　鈴蘭もって……法廷では能力は使えないように、制御装
置はおかれているはずだけど……心配だ。

　だが、反乱軍はもう鈴蘭に対しては敵意はないと平伏し
たと聞いた。

　自分達の命を守ってくれたいわば恩人だ。そんな相手に
危害を及ぼそうとするほど、やつらも心がないわけではな

いだろう。

「そうですか……」

「俺は一番重い罪をと思っているが……鈴蘭は拒むだろうな」

　あいつはお人好し代表だからな……。

「落とし所を見つける」

　きっとこの前までの夜明さんなら、鈴蘭がなんと言おうと処刑にしただろう。

　鈴蘭とどんな約束をしたのかはわからないけど……夜明さんが変わったことに、安心している。

　鈴蘭のためなら世界を滅ぼすとか、言い出しそうな勢いだったからな……。

　ある意味で、鈴蘭は世界を救ったのかもしれない。

　ていうか、検査ってどのくらいかかるんだ……？

　早く鈴蘭の顔が見たくて、うずうずしてしまう。

「そういえば夜明、あなたも目が腫れていますが……」

　ん？

　竜牙さんの言葉に、俺も夜明さんを見る。

「……これは……」

　確かに……目が腫れてる……。

　前までの俺なら、夜明さんが泣くなんて想像もできなかっただろうけど……鈴蘭が目を覚ましたんだから、夜明さんだって泣くだろうと今なら思えた。

「病室の近くに待機していた者から、あなたのすがるような大きな声がしたと聞いたのですが……」

　すがる声……？

　もしかして、何か喧嘩でもしたのか……？

　竜牙さんを見ると、夜明さんを見ながら心なしか口角を
あげている。

　そんな竜牙さんを、夜明さんは睨むように見つめていた。

「お前……わかっていて……」

「何があったんですか？　教えてください」

「え？　どうしたの？　別れ話でもした？」

　百虎の言葉に、百虎妹がぴんと耳を立てた。

「別れ、話……」

「おい、どいつもこいつも目を輝かせるな。和解したんだ！」

「和解!?　ってことは、ほんとに別れ話したの？」

　どうしてそんな話になったのかはわからないけど、夜明
さんが言い淀んでいるのを見るに、事実らしい。

　鈴蘭と夜明さんが別れ話？

　そ、そんなことあるのか……？

「違う！　一度距離を置こうと言われただけ……っ、お前
たちには関係ない！」

　珍しく声を荒げて、否定している夜明さん。

　ふたりの間に、つけいる隙はないって思ってた。

　でも……け、喧嘩とかも、するんだ……。

「それで泣いて縋ったんだ〜？　夜明も可愛いところある
な〜」

　夜明さんが泣いてすがる……そ、想像できない……。

　鈴蘭、夜明さんにすがられるなんて……やっぱすげーや

つだな……。

「黙れ……消すぞ……」

　夜明さんが言うと、冗談に聞こえない。

「あはは、ごめんごめん。でも、そんな話になってたなんて……本当に話し合いで解決できたの？　大丈夫？」

「ああ……鈴蘭もわかってくれた」

「まあ……解決したのならいいんですよ。これ以上鈴蘭様不足が続けば、夜明のご機嫌取りで私たちの仕事が増えるだけですから」

「つけいる隙……あり……」

　百虎妹は読心で何か聞こえたのか、目を輝かせている。

　こいつ、マジで嬉しそうにしてるな……。

「百虎、お前の妹止めろよ」

「ふふっ、素直なのは良いことだよ」

「アホばっかり……」

　双葉星蘭の呟きに、お前にだけは言われたくねえと毒を吐く。

　にしても、なんかもうめちゃくちゃだな……。

　鈴蘭、早く病室に戻ってきてくれっ……。

　いろんな意味で、そう願わずにはいられなかった。

繋いだ手

　つ、疲れたっ……。

　いろんな検査をして、くたくたの状態で病室に戻る。

　私の体力が落ちているのかなっ……、病室に戻ったら一瞬で眠ってしまえそう。

　そう思って扉を開けると、中にいた人たちを見て目を見開いた。

「みんな……！」

　美虎ちゃんと雪兎くん、百虎さんと竜牙さん、それに、星蘭も……！

　検査に行く前はいなかった夜明さんの姿もあって、ぱあっと顔を明るくさせる。

　みんなお見舞いにきてくれたのか、嬉しくてさっきまで感じていた疲れが一瞬で吹き飛んだ。

「鈴蘭っ……」

　真っ先に駆け寄ってくれようとした美虎ちゃんの腕を、星蘭が掴んだ。

「ちょっと、鈴蘭は病人なのよ！　危ないでしょ……！」

「離せ……性悪……」

「誰が性悪よ……!?」

　いつもの喧嘩が始まっておろおろしてしまったけど、この光景が見られているのも奇跡なんだなと思うと込みあげてくるものがあった。

　ふたりが口論しているのを、呆れた様子で見ている雪兎くん。

　その隣で、不機嫌そうにしている夜明さんが気になった。

「夜明さん……？」

　むすっとして、どうしたんだろう……？

「ふふっ、さっきまでからかわれていたので不機嫌なんです。放っておきましょう。触らぬ神に祟りなしですよ」

　竜牙さんの言葉に、首を傾げた。

「からかわれて……？」

「竜牙、余計なことを言うな。鈴蘭も、気にしなくていいからな」

　な、なんの話をしてたんだろうっ……ちょっと気になるけど、聞かない方がいいかなっ……。

　その後、久しぶりにみんなとの時間を過ごした。

「鈴ちゃん、いつ退院できるの？」

「検査結果が出て異常がなければ数日で退院できると聞きました。早く学校に行きたいです」

「鈴蘭の帰り……待ってる……鈴蘭いないと……学校つまんない……」

　美虎ちゃんが、ぎゅっと私の左腕に抱きついてくる。

　ふふっ、可愛い。

「入院中暇だろうから、明日ノート持ってきてやる」

「ありがとうっ……！」

　1週間も眠ってたって聞いて、授業についていけるか心

配だったから、すごくありがたい。

　それに、雪兎くんのノートはいつもわかりやすいし、補足も書いているからすぐに理解できた。

　雪兎くん、いつも授業中寝てるけど、私が欠席した時はすごく細かくノートを取っている。

　もしかして、私が理解できるようにとってくれてるのかな……？

　一瞬そう思ったけど、自意識過剰かなと自分の思考に恥ずかしくなった。

「寮で退院祝いをしましょうね」

　竜牙さんも優しく声をかけてくれて、笑顔で頷く。

　みんなの優しさに触れて、体の怠さも吹き飛んだ。

「夜明も学校久しぶりじゃない？　１ヶ月休んでたし……」

　そう言えば、夜明さんは私以上に休んでいたんだ。

　私の入院中も、１週間ずっとここにいてくれたって言っていたし……。

「出席日数は大丈夫ですか？」

　心配になってそう聞くと、夜明さんはそっと私の頭を撫でて微笑んだ。

「問題ない」

「鈴ちゃんと出会うまで、もともとまともに通ってなかったもんね」

「……」

「ご、ごめんごめん、口が滑った。睨まないで」

　と、とりあえず、大丈夫だっ……！

「そういえば……俺がいない１ヶ月の間、こいつらに何か されなかったか？」

「あ……」

　夜明さんの質問に、とあることを思い出して声が出てし まった。

　途端、夜明さんの表情が険しくなる。

「何かあったのか？　誰だ？」

「ち、違うんです……！　私が……何かしてしまったとい うか……」

　あの日……竜牙さんに抱きついたことを思い出してし まった。

　次に夜明さんに会ったら、ちゃんと謝ろうって思ってた んだっ……。

「じ、実は、寝ぼけて夜明さんと間違えて、竜牙さんに抱 きついてしまいました……ご、ごめんなさい……」

「……」

　夜明さん……あ、呆れちゃったかな……。

「ふふっ、鈴蘭様は正直ですね。私は内緒にしていればバ レないとお伝えしたんですが」

「お前……」

「本当にごめんなさい……」

　幻滅されたくなくて、誠意を込めて謝った。

　夜明さんはそんな私の頬に、そっと手を重ねてくれる。

「いや、いい。寝ぼけていたなら仕方ない。それよりも、 隠そうとした竜牙に問題がある」

　許してもらえたことに安心したけど、それは違う気がす
るっ……。

「りゅ、竜牙さんは被害者です……！」

　私が勝手に抱きついてしまったんだからっ……。

「いえ、私は役得でしたよ。夜明がいない間、ずっと鈴蘭
様と過ごせましたし」

　そう言って、にっこりと微笑む竜牙さん。

「もう1ヶ月ほど寮を開けてはどうですか？」

「……金輪際、お前と鈴蘭をふたりきりにはさせない」

　さっきよりも低い声の夜明さんは、怖い顔で竜牙さんを
睨んでいる。

「それは困ります」

　竜牙さん、さっきから何を言ってるんだろうっ……。

　夜明さんをからかってるのかな……？

「竜牙くん、残念だね」

「おや、私が罰を受けるなら、百虎もだと思いますけど」

「……お前も何かしたのか？」

　怖い顔のまま、視線を百虎さんに移した夜明さん。

「あ……えっとー……」

「おい、言え」

「……花の媚薬にあてられて、鈴ちゃんに噛み付きました」

　あっ……そういえば、そんなことも……。

「…………なんだと？」

「よ、夜明さん、違うんです……！　百虎さんは私が花
を見たがっていることに気づいて、親切で案内してくれ

て……」

　竜牙さんの時以上に怒っている夜明さんを見て、慌てて弁解した。

「どんな理由があったにせよ許さない。お前も今後鈴蘭とふたりになるのは禁止だ。半径5メートル以内に近づくな」

「もうすでに無理だよ……」

「出ていけ」

「ほ、ほんとにごめん夜明……鈴ちゃんも……」

　百虎さんにはあの時すごく謝ってもらったし、私も全く怒っていない。

　それに、百虎さん自身あんなことになるなんて想像していなかっただろうし……。

「よ、夜明さん、この件についても、百虎さんも被害者なんです……本当に不慮の事故だったというか……」

「……どんな理由があっても許せない。俺の鈴蘭に噛み付くなど……」

　本気で怒っているのか、どうすればいいかわからずじっと夜明さんを見つめる。

「……」

「そんな顔をされても……」

　夜明さんが嫌がることをしてしまったのは本当に申し訳ないけど、でも百虎さんも自分の意志でしたことではないし、怒らないであげてほしい……。

　訴えるように見つめ続けると、夜明さんが頭を押さえてため息を吐いた。

「……一回だけだぞ。鈴蘭に免じて、今回だけは……不本意極まりないが、許して……やる」

　よ、よかったっ……。

「うわぁ……夜明、ほんとに甘々だね」

「うるさい、出て行かせるぞ」

「ご、ごめんごめん……それと、許してくれてありがとう。もうあんなことはしないって約束するから」

「当たり前だ……１ヶ月離れただけで、油断も隙もない。やはり、もう離れるなんて考えられない」

　もう一度ため息を吐いた夜明さんは、そのまま私を自分の膝の上に乗せた。

　みんなの前で恥ずかしいけれど、夜明さんのことをたくさん不安にさせてしまったから、大人しくされるがままになる。

「前にもまして束縛が加速しそうですね」

「まあ、鈴蘭本人が気づいてなさそうだからいいんじゃないですか」

「……ますますうっとうしくなりそう……」

「夜明、鈴ちゃんが真っ赤になってるから離してあげてよ」

　百虎さんの声は夜明さんには届いていないのか、夜明さんは後ろから私をぎゅっと抱きしめてきて、ますます顔が赤く染まった。

　夕方になって、夜明さん以外のみんなが帰って行って、病室にふたりきりに。

「鈴蘭、体調はどうだ？　話しつかれてないか？」

「問題ありません！　とても元気です」

「そうか」

「それより……明日は裁判の日ですよね」

　外に出るのは、なんだか久しぶりな気がする。

　気がするじゃなくて、実際に１週間も眠っていたから久しぶりだ。

「ああ……」

「裁判って、何を話すんですか……？」

　魔族裁判って言っていたけど……普通の裁判とは違うのかな。

「白神と双葉星蘭の時と似たようなものだ。あいつらの罪を決める」

　罪……。

「そうですか……」

　どうなってしまうんだろう……。

　私に彼らの罪を決められるほどの権限はないだろうけど、できるかぎり、猶予のある判決が下ればいいな……。

　どんな理由があったにせよ、夜明さんや黒闇神家の人たちを傷つけようとしたことは許せないけど……彼らにも、何か事情があったはずだ。

「俺は、処刑がふさわしいと思っている」

　夜明さんの言葉に、びくりと肩が跳ねた。

「……だが、鈴蘭の意見を尊重したいとも思っている」

　夜明さん……。

　この前の話し合いの時に言ってくれたように……変わろうとしてくれているのがわかって、嬉しかった。

「ありがとうございます」

「礼を言われるようなことじゃない」

　私にとっては、とっても嬉しいことだから……。

「そういえば……昼行性の人の中には、莇生さんもいるんですよね……？」

　恐る恐る確認すると、夜明さんは少し表情を曇らせた。

「ああ」

　莇生さんの処分についても……夜明さんは、どう考えているんだろうな……。

　夜明さんにとって大切な相手だっただろうから……本当は、裁きたくなんてないだろうな……。

「そんな顔をするな。俺は大丈夫だ」

　私が心配していることに気づいたのか、ふっと笑った夜明さん。

「あいつは主犯だと知った時は、少しはショックだったが……もう受け入れている」

「……」

「実は、一度あいつを疑ったこともあった。だが……その時は反乱を起こそうなんて、考えていなかったはずだ。いつから、ああなってしまったのか……俺にもわからない」

　夜明さんも気づかなかったってことは……最初から、夜明さんを恨んでいたわけではないんだろうな。

「俺に対して、劣等感を抱いていたのはわかっていたんだ

が……ここまでだったとはな」

「莇生さんにも……何か事情があったんでしょうか……」

「あいつは、俺が生まれる前まで黒闇神家の次期当主候補だったんだ」

　そうだったんだ……。

「それが……俺が生まれたことで、黒闇神家からの待遇が変わって、何かが壊れてしまったのかもしれない」

「……」

「もともと能力が高い奴だが、周りからの評価はそう高くなかった。過小評価されていることに、本人も気づいていたんだろうな」

　莇生さん……。

　夜明さんや、黒闇神家の人たちを狙った行為は、許されることじゃないけど……彼もある意味で、被害者だったのかもしれない。

「莇生のことは……気にしなくていい。お前が守ったおかげで、あいつも怪我ひとつないと聞いている。鈴蘭を傷つけようとしたんだ。親戚だろうと、情けをかけるつもりはない」

　私が守ったなんて、大袈裟だ……。

　私は……。

「あの……そういえばちゃんと話してなかったですよね、あの日のこと」

「あの日？」

「私が能力を使ってしまった日の……」

　私の言葉に、今度は夜明さんがびくりと反応した。

　あの時……急いで夜明さんのもとに駆け寄った時のことを思い出す。

「最後まで、迷ったんです。この能力を使ったら、夜明さんとの約束を破ることになってしまう。それに、きっと命を落としてしまう可能性のほうが大きいって。それでも私が能力を使ったのは……」

　じっと。夜明さんを見つめる。

「夜明さんを守りたいと思ったんです」

　何より、一番の理由はそこだった。

「守るなんて、おこがましいですし、反乱軍の人たちが助かってほしいっていう気持ちももちろんありました。でも一番は、夜明さんに罪を被せたくなかった」

　あのまま何もしなかったら、正当防衛とはいえ……夜明さんが誰かを殺めたことになっていたかもしれない。

　それだけは絶対に嫌だった。

「夜明さん、言ってくれましたよね。この国ごと守るって。あの言葉を聞いた時、改めて夜明さんにふさわしい人になりたいって思いました。そばでささえたいって……」

　まだ慣れない左手で、夜明さんの手を握った。

「私を救ってくれたように……夜明さんのこの手は、たくさんの人を救っていけると思うんです」

　この手は、誰かを傷つけるためじゃなくて、誰かを救うための手。

「……鈴蘭……」

　私を見て、下唇を噛み締めている夜明さん。

「私はそんな夜明さんを、一番近くで支えたい。だから……今からでも、反乱軍の人たちも救える道を探したいなと思っています」

　こんなことを言うのは……勝手だとわかってる。

　全部分かった上で……夜明さんには、彼らを助ける選択をしてほしいと願ってしまうんだ。

　私は、優しくて、頼もしくて、まっすぐな……夜明さんが大好きだから。

「ああ……そうだな」

　夜明さんが、そっと抱きしめてくれた。

「思い出した。……というか、俺も再確認した」

「え?」

「俺が最初、鈴蘭に惹かれたのは……そういうお人好しなところだった」

　突然の告白に、顔がぼぼっと熱くなる。

「入学して間もない頃……ラフを助けただろ」

　そういえば……そんなこともあった気がする。

　夜明さんは、それをラフさんの視界を通して見ていたって言っていた。

「驚いたんだ。あんなふうに、なんの見返りもなく弱いものを助けようとする人間がいるのかって。あの時の俺は、誰のことも信じられなかったから、なおさら」

　私を抱きしめたまま、頭を優しく撫でてくれる夜明さん。

「誰にも期待せず、人間に呆れ、魔族にさえも嫌気が差し

ていた。そんな俺の前に、人を疑うことを知らない、自分
のことなんて気にも留めずに他者を守ろうとする、鈴蘭が
あらわれた。あの日から、俺の世界が変わったんだ」

　私も、夜明さんと出会った日のことを思い出した。

　初めて、無償の優しさをくれた夜明さん。

　さみしくて悲しいだけだった日常が、いつの間にか輝い
ていた。

「私もです……」

　世界が、変わったんだ。

「鈴蘭さえいてくれればいいと思っていた。鈴蘭だけは大
事にすると思っていたのに、俺はこの１ヶ月……大事なこ
とを忘れてしまっていたのかもしれないな。俺を守ろうと
してくれて、ありがとう」

「いえ、私は……」

「鈴蘭のその気持ちを、もう裏切らないように……鈴蘭を
悲しませないように生きていく」

　至近距離で、私を見つめた夜明さん。

「だから……ずっと見ていてくれ。もう俺のそばから離れ
ないと……もう一度約束してくれ」

「はい……約束します。これからは、勝手なことはしません」

　ぎゅっと夜明さんの首に左腕を回して抱きつく。

「私も、夜明さんをかなしませないようにします」

「ありがとう」

　夜明さんはそう言って、強く私を抱きしめ返してくれた。

「鈴蘭が望むなら、民を救える魔王になる。それが鈴蘭を

救うことにも繋がるなら」

　夜明さんなら、きっと素晴らしい魔王になるはずだ。

　私はそう信じている。

「結局、俺の行き着く先はいつも鈴蘭で、そんな自分が今は好きなんだ。鈴蘭に出会って、初めて自分を好きになれた。鈴蘭はいつも、自分のせいだと卑下するが……」

　夜明さんの優しい声が、私の耳に届く。

「俺は鈴蘭と出会っていなかったら、今頃こんな幸せも知らずに、世界に絶望しているままだった」

「……」

「言葉通り鈴蘭は俺の全てなんだ」

　言いたいことがたくさんあるけど、きっと言葉では伝えきれないだろうなと思った。

　だから代わりに、さっき以上に強く夜明さんを抱きしめる。

　私は……夜明さんに何もできていないって思ってた。

　ここ1ヶ月は尚更、自分のことが足かせのように思える時もあった。

　でも……私は夜明さんを、ちゃんと幸せにできているんだって、思ってもいいのかな……。

　これからも……もっともっと、夜明さんを、幸せにできるようになりたい……っ。

　さっき、自分から距離を置こうなんて言ってしまったけど……やっぱり私のほうが無理だ。

　夜明さんと……ずっと一緒にいたいから。

　この手を離したくないと再確認したと同時に、ぼろぼろ
と涙が溢れ出した。

【XIII】 女神は微笑む

未来を探して

　次の日。

　朝から、夜明さんと一緒に裁判所に向かった。

　法廷に足を踏み入れるのなんて初めてだけど、以前夜明さんのお家でルイスさんたちと話し合いをした状況に似ていたから、それほど緊張はしなかった。

　開廷の時間になって、披露宴にいた反乱軍の魔族たちが現れる。

　その中に……莇生さんの姿もあった。

　披露宴の前にお会いした時は……すごく好青年で、優しそうで、これからの未来に希望がいっぱいのきらきらした目をしていたのに……。

　今の莇生さんは、虚ろな目でどこかを見ている。

「只今より、魔族裁判を開廷いたします」

　裁判官の人の声を合図に、披露宴の日の状況説明や、反乱軍が行ってきた悪行についてが語られた。

「昼行性及び黒羽莇生が組んだ同盟、反乱軍は、黒闇神家と双葉鈴蘭を陥れるため、明確な殺意を持ち計画的な犯行に及んだ」

　確かに、反乱軍の人たちが私たちの命を狙っていたのは本当なんだろう。

「無期懲役、または処刑が妥当と思われます」

　このまま……罰が下るのを、見守っていることしかでき

ないのかな……。

　私が口出しできる空気ではないし、お父さんも出席しているけど、いつもとは別人のように覇気を纏っている。完全に魔王のオーラを放ちながら、裁判の行方を見守っていた。

　夜明さんも、ずっと怖い顔をしながら反乱軍の人たちを睨んでいる。

「……勝手にしろ。殺したいなら殺せ」

　ぼそりと、莇生さんがつぶやいた。

　莇生さんはもう……何もかもがどうでもいいという表情に見える。

　自暴自棄になっている姿に、胸が痛んだ。

『これから家族になるんだから……末長くよろしくね』

　あんなに優しい笑顔を浮かべていたのに……。

　たとえあれが、偽りの笑顔だったとしても……私はどうしても、莇生さんをただの悪人だとは思えない。

　諦めている莇生さんとは違い、反乱軍の人たちは焦った様子で裁判官のほうを見ている。

「わ、我々は、自らの行いを反省し、今後は悔い改めようと……！」

「そ、そうです、どうか減刑を……」

「ふっ、随分心変わりが早いんだな」

　隣にいる夜明さんが、鼻で笑った。

「あれから１週間と少ししか経っていないが？」

「女神様に守られたことで、我々が間違っていたのだと気

づいたのです……！」

　え……？

「女神を手に入れた黒闇神家は、真っ先に昼行性を排除す
るかと思っていました……」

　苦しそうに、顔をゆがめている彼ら。

　そっか……。

　反乱軍の人たちに、恨みはある。

　合宿の日、私たちを襲って、美虎ちゃんと雪兎くんを巻
き込んだ。

　披露宴で、夜明さんや黒闇神家の人たちを狙った。

　でも……。

　この人たちにも正義があって……守りたいものがあっ
て、そうしなければいけない状況にまで追い込まれていた
のだと思うと……一方的には責められない。

　それに……昼行性を排除なんて、夜明さんたちはそんな
ことはしないはずだ。

「今日も、女神様に感謝をしたく……」

　反乱軍の人たちが、私のほうを見た。

　思わず反射的に会釈すると、彼らの表情が一変した。

「その右腕は……」

　不自然な動きをしていたから、右腕のことがバレてし
まったらしい。

「あの時……お前たちを守った代償だ」

　怖い顔をした夜明さんが、反乱軍の人たちを睨みつけて
いた。

「やはり、あれは女神様の能力だったのか……？」

「女神は物理的な能力は使えないと……」

「彼女は、自らの命を捨てる覚悟で貴様らを守った」

　今まで口を閉ざしていたお父さんが、初めて発言した。

「自らの犯した罪を、胸に刻むといい」

　いろんな理由があったにせよ、私を一番動かしたのは夜明さんを守りたいと言う気持ちから……そんなたいそれたことはしていない。

「どうして……」

　反乱軍の人たちが困惑しながら私を見る一方で、莇生さんの冷たい視線を感じた。

「はっ……正義のヒーローにでもなりたかったのか？　女神の生まれ変わりという肩書きだけでは物足りなかったようだな！」

　莇生さん……。

「口を慎みなさい」

　お母さんが注意したけれど、忠告を聞かずに再び口を開いた莇生さん。

「女神がそんなに偉いのか？　黒闇神家の婚約者だから？　肩書きや家柄がなんだ、そんな、クソみたいなことに、騒ぎやがって……」

　肩書き、家柄……。

　莇生さんは今までずっと、それに苦しめられて生きてきたのかな？

「こんな世の中、もうどうでもいい」

　馬鹿にするような言い方だったけど、私にはどこか、諦めたような言い方に聞こえた。

　その姿が……一瞬、昔の星蘭に被った。

　ひとりで孤独を抱えて、その不安を私で発散しようとしていた星蘭。

　でも星蘭は、全然幸せそうじゃなかった。

　苅生さんも……苦しみを夜明さんにぶつけて、解放されたかったのかもしれない。

　私はそっと、苅生さんに近づいた。

「苅生さん、あなたのことを聞きました」

　昔から夜明さんに対してコンプレックスがあったこと、十分優秀な能力を持っていたにもかかわらず、過小評価をされて生きてきたこと。

　誰かを恨むのは、良い方法ではない。

　でも……苅生さんはきっと、黒闇神家と夜明さんを恨まなければ生きていけないほど、追い詰められていたんだろう。

　私には理解できないことも多かったけど……ひとつだけ苅生さんに共感できる部分があった。

「少しだけ、あなたに同情しました」

「は……同情？」

「自分のことを愛してほしいという気持ちが、痛いほどわかったから……夜明さんと出会う前の私もそうでした」

　苅生さんはただ……自分のことを、褒めて欲しかったんじゃないかな。

　努力を正しく評価してもらえていたら、彼はこんなふう
にならなかったはずだ。

　私も……両親に愛されたくて、必死になっていた時期が
あった。

　家のお手伝いをして、良い成績をとって……どれも全部
空回りしてしまったけど、"愛されたい"って願っていた
から、莇生さんもそうだったんじゃないかなと、勝手に思っ
たんだ。

「両親とうまくいかず、自分は誰にも愛されていないと感
じて、生きているのが苦しかったんです」

「……」

「全部はわかってあげられないかもしれませんが、あなた
の気持ちがわかるから……あなたをただの悪人だとは思え
ません」

　きっと最初は些細なことだったはずだ。

　小さな悪意の積み重ねが、彼の心を壊してしまった。

　私だって、もし状況が違ったら、莇生さんのようになっ
ていたかもしれない。

　夜明さんに出会わなければ……いつか両親や星蘭のこと
を恨んでいたかもしれない。

「夜明さんのこと……最初から恨んでいたわけじゃ、ない
ですよね」

「……」

　環境が彼を追い詰めた。

　それを彼だけの責任にするのは……あまりにもかわいそ

うだ。

「私はあなたが不幸になることは望んでいませんし、できることなら……誰にも不幸になってほしくないんです」

「……綺麗事だな……」

「どう思ってくれても構いません」

「俺は偽善者が一番嫌いだ」

「偽善……自分のためでもあります」

「あ？」

「誰かが不幸になっていくのを見て見ぬふりをして、罪悪感を覚えたくないんです。だから、自分のためでもあります」

「……」

　私の言葉を、すぐに信じてくれとは思わない。

　私だって夜明さんを信じるまで、たくさん時間がかかった。人を信じるのは怖いことだし、勇気がいることだから。

　でも、だからと言って、伝えることを諦めたくない。

　信じてもらいたい。

「不平等がなくなるように、全ての人が幸せを感じられる世の中になればいいと願っています」

　莇生さんだけじゃなくて、黒闇神家に敵意がある人全員に伝えたくて、顔を上げる。

「そしてそれを実現できるように、女神の生まれ変わりとしてできることがあるのなら、尽力すると約束します。だから皆さんもどうか……信じていただけませんか」

　誰も何も言わず、ただじっと私の話に耳を傾けてくれて

いた。

　どうか……届いてほしい。

「争うのではなく、共に生きていく方法を……一緒に見つけていくことは、できませんか」

お詫び

　無事に裁判が終わり、法廷を出る。

　今日はこのまま、夜明さんのお家に戻れる予定だ。

　退院が決まって、お医者さんからも帰宅の許可が下りたから。

　反乱軍の人たちの判決については……無期懲役にはなったものの、彼らの努力次第では減刑の可能性も十分にありえるそう。

　遅れて法廷から出てきたお母さんに、夜明さんが声をかけた。

「莇生と……少しだけ話せないか」

「……掛け合ってみるわ」

　お母さんに命令されて、黒闇神家の人が走って行った。

　すぐに戻ってきたその人は、お母さんに耳打ちをしている。

「……連れてきてもらえるみたい。下で待っていなさい」

「ありがとう」

　夜明さん……莇生さんと、何か話したいことがあるのかな……。

　今日を逃したら、もう会える機会もほとんどなくなるだろうし……。

「あの、私は席を外しましょうか？」

「いや、大した話じゃない。鈴蘭もいてくれ」

　笑顔でそう言ってくれる夜明さんと、一階の控室のような場所で莇生さんを待つことに。

　すぐに、警備員の人に囲まれた莇生さんがあらわれた。

　腕についている手錠は、きっと制御装置だと思った。

「滑稽だな」

　きて早々、馬鹿にしたように笑った夜明さん。

　驚いたけど、ふたりの会話に口を挟まないようにしようと思って、見守ることに徹した。

「……」

　莇生さんは、下を向いたまま動かない。

「……なんだ。要件があるならとっとと済ませろ」

「ひとつだけ聞きたいことがあった」

「……」

「いつから俺を恨んでいた」

　夜明さん……。

　淡々とした口調で問いかけた夜明さん。

　だけど、その質問に私の胸が痛んだ。

　どんな気持ちで……それを聞いているんだろう。

　親戚に……従兄弟に裏切られて、悲しくないわけがない。

　夜明さんは莇生さんが主犯だってわかって、どれだけ苦しかったんだろう。

　少しの沈黙の後、莇生さんは答えた。

「……覚えてない」

「……そうか。なら、最初から俺を陥れるために、俺と親しくしたのか？」

「最初は……」

　今度は答えるのを躊躇ったあと、ゆっくりと口を開いた萠生さん。

「純粋に、従兄弟として仲良くなろうとした」

「……そうか。それが聞けただけで十分だ」

　夜明さんは……少しだけ、安心したように見えた。

　夜明さんにとって萠生さんは……大切な従兄弟だったんだろうな。

「俺はお前のことを嫌いだとは思ってない。親戚の中では、お前と一番仲良くやれていると思っていた」

　夜明さんの萠生さんへの気持ちが流れ込んでくるみたいで、息が詰まる。

「……ふっ、馬鹿だな」

　萠生さんは、夜明さんの気持ちを無碍にするように笑った。

「俺はずっとお前と比べられて生きてきたんだ。お前のことが……世界で一番嫌いだった」

　……っ。

　私は我慢できなくて、夜明さんを睨みつける萠生さんの前に立った。

「萠生さん」

　これ以上、夜明さんを傷つけるような発言は許さない。

「お前は、生まれながらにして全部を持っているようなやつだった。それなのに……そんなふうに、怒ってくれる婚約者まで手にしたんだな」

　はっと乾いた笑みは、まるで自分自身に向けられているような自嘲的な笑い方だった。

「不幸になればいいのに」

　また……っ。

「あざみさ……」

「悪いが、それは不可能だ」

　私が反論するよりも先に、夜明さんがそう言った。

　夜明さんは私の肩を抱き寄せて、ふっと笑った。

「鈴蘭がいる限り、俺が不幸になることはない」

　夜明さん……。

「……話はそれだけか」

「ああ、もういい。元気でな」

　莇生さんと話して、傷ついたかもしれないけど……夜明さんの表情はどこか、清々しく見えた。

「待て。俺も……君に話がある」

「え……？」

　私に……？

　莇生さんは私を見て、ゆっくりと口を開いた。

「最初に君を見たときに、人を疑うことを知らない世間知らずなお嬢様だと思った。だが……あとから、君の過去を調べて、いろいろ知ったんだ」

　莇生さん……私の過去について、知っていたんだ……。

「家族から虐げられていたそうだね。家族以外からも、ひどい扱いを受けていたと聞いた」

「……」

「どうして君は、人のことを恨まなかったの」

　どうして……。

　そんなこと、前にも聞かれた気がする。

「私は……誰かを恨むほうが、辛いことだと思ったんです」

　なんて答えるのが正解だろうと悩んだ末に、素直に思ったことを伝えた。

　また綺麗事だと言われるかもしれないけど、私はただ、自分が誰かを恨むのが嫌だったから恨まなかった。

　自分はいらない子で、誰からも愛されていなくて……そんな自分が、私自身も好きになれなかったから、せめてこれ以上自分を嫌いにならないように、恨まなかっただけだ。

「莇生さんも、苦しそうです。きっと……ずっと、苦しんできたんですよね」

「……」

「正直、夜明さんは何も悪くないと思っています。今回のこと、夜明さんを陥れようとしたことについては……怒っています。でも、私は莇生さんが、完全な悪人だとは思いません」

　さっきも伝えたように、莇生さんにも理由があった。

　そうなる原因がいくつもあった。

「きっと根っからの悪人なんて、この世には存在しないはずです。そんな人を……ただ除外するような社会は間違っていると思います」

　これから、莇生さんがどうなるかはわからない。

　どうやって生きていくのかも、莇生さん次第だ。

　だけど、もし……私にできることがあるなら、力になりたいと思う。

　夜明さんが私を助けてくれたみたいに……私も困っている人がいたら、手を差し伸べられる人間でいたい。

「ただの世間知らずな、痛みも知らない人間の言葉だったらよかったのに」

「え？」

「君があまりにもまっすぐだから、何も言えなくなる。夜明には謝らない。でも、もう何もしない」

　そう約束してくれるだけで、今は十分だと思った。

　夜明さんも、安心したように息を吐いている。

　夜明さんだって、これ以上莇生さんに罪を重ねてほしくないはずだから。

「夜明、これをとってくれ」

　え……？

　自分の腕につけられている制御装置を見ながら、夜明さんにそう頼んだ莇生さん。

「とるわけがないだろ」

「最後の頼みだ。悪いようにはしない」

　莇生さんは……何を考えているんだろう？

　何をしたいのかはわからないけど、莇生さんが悪いことをたくらんでいるようには見えなかった。

「夜明さん、莇生さんに敵意はないように見えます」

　じっと夜明さんを見つめると、大きくため息を吐いてから、そっと莇生さんの制御装置に触れた。

「何かしたら、本気で殺すぞ」

　冗談には聞こえない声色。莇生さんも、「わかっている」と返事をして、その腕についている制御装置がはずされた。

「失礼するよ」

　莇生さんはゆっくりと私に近づいてきたかと思うと、私の右腕に自分の手をかざした。

　その手から、眩い光が放たれる。

「おい……！」

「黙ってくれ」

　焦ったように声をあげた夜明さんに命令して、意識を集中させるように目を瞑った莇生さん。

「え……？」

　なんだろう、これは……。

　体の奥底から、力が……。

　右腕に違和感を覚えて、目を見開く。

　右腕は完全に、何も感じなかったはずなのに……。

「……はい、終わり」

　莇生さんはそう言って、ふぅ……と息を吐いた。

　嘘……。

　夜明さんは何が起こったのかわかっていないのか、私と莇生さんを交互に見ている。

　もう治らないって、言われたのに……。

「莇生、お前……何をした……？」

「夜明の婚約者だから知ってるだろうけど、黒闇神家の魔族は、複数能力を持っているものがほとんどなんだ」

　魔族は基本的にひとつの能力を持っているけど、強い魔族は複数の能力を扱えると聞いた。

　そして、夜明さんもそのひとりだと。

「何が言いたい……？」

「夜明も知らなかっただろ。俺のもうひとつの能力。これはデメリットが大きすぎて……使うことがなかったからね」

　私はまだ現実を受け入れられなくて、自分の右腕を見つめる。

　感覚が……確かにある。

　恐る恐る、その腕を動かした。

　動い、た……。

　びくともしなかった腕が動いているのを見て、涙よりも喜びが溢れた。

　だけど、すぐに違和感に気づく。

「莇生さん、腕が……」

　さっきまで動いていた莇生さんの右腕は、力なく垂れていた。

「代償がでかいって言ったでしょ。そういう能力なんだ。治す代わりに、自分が負傷する」

　それって……自分の腕を犠牲にして、私の腕を直してくれたって、こと……？

「殺されずに済んだんだし、右腕くらいあげるよ」

　なんて言葉を伝えればいいのかわからない。

　右腕が動くようになったのは嬉しい。でも……こんなこ

と、望んでない。

　だって……莇生さんが……。

　私を見て、ふっと微笑んだ莇生さん。

「これは……ほんのお詫びだ」

　それは、以前見た笑顔よりも……素の笑顔に見えた。

「喜んでよ。俺のためにも」

　莇生さんは左手で、私の頭をそっと撫でた。

ぎゅっと

【side 夜明】

「これは……ほんのお詫びだ」

さっきまで、力が入っていないように下がっていた鈴蘭の右腕が、莇生の右腕に添えられている。

衝撃的な光景に、俺は言葉がでなかった。

「喜んでよ。俺のためにも」

鈴蘭もまだ現実を受け入れられていないのか、呆然と莇生を見ている。

「それじゃあ、もう行くから」

「あっ……」

まるで何事もなかったように、颯爽と消えていった莇生。

俺はまだ何が起こったのか理解できず、ただ唖然と鈴蘭を見ていた。

「本当に……治ったのか？」

信じられず、右腕をじっと見つめる。

「はい……う、動きます」

感動しているのか、目に涙を浮かべながら手を動かした鈴蘭。

「そう、か……」

本当に……。

「そうか……っ……よかったっ……」

もう治らないかもしれないと、言われて、それを受け入

れるしかないのかもしれないと思った。

　決して治らなくても、俺は鈴蘭が隣にいてくれればそれ
でいいと思っていたが……悲しそうに慣れない手で生活し
ている鈴蘭を見るたび、心が痛かった。

　感極まって、衝動的に鈴蘭の体を抱きしめる。

　しかしすぐにハッとして、その腕を離した。

「あっ……い、痛くないか？」

　まだ完治したわけではないかもしれないのに……。

　焦って鈴蘭の顔を覗き込んだが、その表情から痛みを感
じた様子は見えない。

「はいっ……！」

　鈴蘭は笑顔で頷いて、勢いよく俺に抱きついてきた。

　両手で、強く俺にしがみついてきた鈴蘭。

「これでやっと……夜明さんをぎゅっとできます」

「……っ」

　言葉にはできないほどの、愛おしさが溢れだす。

　久しぶりに鈴蘭に抱きしめられたことに、胸中が多幸感
で埋め尽くされ、痛いくらいだった。

　莇生にこんな能力があるとは知らなかった。

　能力の中でも、治癒系のものはその者の能力値をはかる
判断対象として扱いにくい。

　ましてや、こんなデメリットが存在するなら尚更、誰か
に能力を伝えても、悪用されるかもしれないと考えて黙秘
してきたんだろう。

　鈴蘭に絆されて……使ってしまったのか。

　鈴蘭には、他者を動かす力がある。

　それを改めて痛感させられた。

「でも……」

　さっきまで嬉しそうだった鈴蘭の表情が、翳っていく。

「私の代わりに、莇生さんの右腕が……」

　優しい鈴蘭は、自分の代わりに莇生の右腕が動かなくなってしまったことを悲しんでいるらしい。

　素直には喜べない……か……。

「あの……夜明さん」

「ん？」

「私の治癒能力は、私以外に対しては使えるはずでしたよね？」

　鈴蘭の言葉に、嫌な予感がした。

「ああ……」

「なら……」

　俺の予感は的中し、とんでもない提案をしてきた鈴蘭。

「鈴蘭、それは……理論的には可能だが、危険すぎる」

「でも……助かる道があるなら、やってみたいです」

　真っ直ぐな瞳で、俺を見てくる鈴蘭。

　その瞳を向けられて、俺が突き放せるわけがなかった。

お幸せに

【side 莇生】

　俺は生まれた時から、敗者だったわけじゃない。

　むしろ、幼い頃は黒闇神家の未来を担うものとして、黒闇神家の次期当主候補として、期待を一身に受けていた。

　幼稚舎の頃から才能を開花させていた俺は、魔力量も同年代に比べると圧倒的で、頭も良く天才扱いされていた。

　そんな俺の、輝かしい人生が陰ったのは……あの存在が現れてからだ。

　夜明が生まれたと聞いた時、黒闇神家はお祭り騒ぎだった。本家の一人息子として歓迎された夜明だったが、俺は特に脅威には思っていなかった。

　実際、俺は自分が一番だと思っていたから、夜明の情報も知らなかった。

　初めて夜明に会いに行った日。夜明はまだ４歳だった。

『初めまして、俺は莇生。莇生お兄ちゃんって呼んでね』

『……あざみ』

『よ、呼び捨て!?　ふふっ、仕方ないなぁ』

　夜明は無口で、まだ４歳なのにませている雰囲気があったけど、弟ができたみたいで可愛かった。

　でも……夜明が６歳になった誕生日の日。

『夜明、どこに行きたい？』

『……別に、どこでも』

『ふふっ、じゃあプレゼント買いに行こうか』

　夜明が外に行きたいと言っていたから、大人たちを説得して外出の許可をもらった。

『……茆生、こっち』

『あ、待って、走っちゃダメだよ！』

　何か見つけたのか、繋いでいた手を離して走って行った夜明。

　俺は急いで追いかけたけど、すぐに気配を感じて振り返った。

　夜明を襲おうとしている反黒闇神派の魔族が、夜明を襲おうとしていた。

『……夜明、危ない！』

『……っ、茆生……』

　痛い……間に合わなかった……っ。

　夜明を庇うように、俺は相手の魔力を受けてしまった。

　念の為に、今日は周囲に護衛もいるはずだ。すぐに相手を捕まえてくれるはず……。

『お前たち……』

　……夜明？

　身体中から、悍ましい漆黒の覇気を放っていた夜明。

　夜明はそのまま、俺を襲ったやつらを攻撃した。

　嘘……だろ……。

　その日、俺は初めて、夜明の能力を目の当たりにした。

　あっという間に……夜明は周囲の敵を、倒してしまった。

『夜明さんは、すでに規格外の魔力量を保持しているそうよ』

『彼がいれば、黒闇神家も夜行性（ノクターナル）も安泰だわ』

　大人たちが言っていた言葉を思い出した。

　これが……夜明の……能力……。

　完全に舐めていた。

　頑張れば、俺だって負けないって。まだまだ俺にだって希望はあるって……思っていたのに……。

　俺は……一生かかっても、こいつには勝てないと思った。

　それからすぐに、夜明の噂は魔族界中に広まった。

『黒闇神家の次期当主は圧倒的な才を持っている』

『これで本格的に夜行性（ノクターナル）の時代が来るかもしれない』

　俺に向いていた期待は全て、夜明に向かって行った。

　みんな夜明のことしか見ていない。

　俺は分家の人間だし、夜明が次期当主なのは決まっているけど、それでも夜明が圧倒的すぎて、俺の存在を忘れ去られたような気分になった。

　黒闇神には、夜明しかいないと思っているのか。

　俺だって、次期当主候補なんだ……。

　また注目されるために、毎日死に物狂いで努力した。

　学内の成績は首席を維持したし、能力の授業でも評価は高かった。

　それでも、夜明と比べると足元にも及ばない現実。

『ただいま……』

『あなた、夜明さんが正式に次期当主に選ばれたそうよ』

　……え？

　ある日、両親が話している会話が聞こえた。

『まあ、そうだろうな。わかっていたことだ』

『莇生も理解しているだろうし、今後とも本家とはいい関係を築かせなさい』

『そうね。あの子には夜明さんと仲良くしてもらわないと』

　俺の努力を近くで見ていたはずの両親が、あっさりと諦めたのを見て、俺の中の何かが壊れた。

　そうか……。

　黒闇神家の魔族も、もう完全に夜明しか見ていなかったんだ。

　俺の両親さえも……。

　どこへ行っても、夜明の話ばかり。

『夜明くんは、学校の成績もトップなんですって？』

『すでに複数の能力を開花させているらしい』

『彼の成長は目まぐるしいな……！』

　こんな一族に……生まれてこなかったらよかった。

　俺だってすごいんだと、思われたかった。

　大事にされたかった。俺のことも見て欲しかった。

　でも、努力すればするほど、頑張ってもその程度なのだと思い知らされるみたいで……俺はついに、努力することさえも諦めた。

『莇生、久しぶりだな』

　本当は会いたくはなかったけど、両親が定期的に本家に俺を出入りさせようとするから、いやでも夜明と会うのは避けられなかった。

『ま、また身長が伸びたな。俺より高いじゃないか』

『身長なんかどうでもいい』

　夜明はいつも、俺が喉から手が出るほど欲しいものを手にしながら、どうでもよさそうな顔をする。

　必死な俺を嘲笑うみたいに。

　もちろん、夜明にそんなつもりがないこともわかっていた。

　わかっていたけど……自分を保つために、夜明を恨まずにはいられなかった。

『なあ夜明、最近学校にちゃんと行ってないんだって？』

『……面倒だからな』

『ダメだよ。黒闇神家の魔族はただでさえ注目されているんだから、普段の行いには注意しないと』

『どうでもいい』

　どうでも、いい……か。

　本当は、わかってるんだ。お前が悪くないことも。お前だって戸惑っていることも。

　だから……そんなことは言わないでくれ。

『……そう言わずに、夜明は黒闇神家の次期当主なんだから』

　頼む、俺はお前を恨みたくない。

『俺は望んでいない』

　そんな……。

　お前を嫌いになるようなこと、口にしないでくれ。

　……いつからか、はっきりとは覚えていない。

　ただ、俺はいつの間にか、夜明のことが大嫌いになっていた。

　そして、俺の思想はどんどん歪んでいった。

　俺のことを大事にしない黒闇神家に、存在意義なんてない。

　夜明も、黒闇神家も……まとめて壊してしまおう。

　そうすれば、これ以上──誰も恨まなくて済むはずだから。

　こうして、俺は昼行性（ダイアーナル）と手を組み反乱を起こした。本気で夜明と黒闇神家をつぶすつもりだったのに……。

　柄にもないことをした。

　夜明を恨んで、黒闇神家ごとあいつを陥れたかったはずなのに……。

　その婚約者にほだされて、右腕をくれてやったなんて、笑える。

「それじゃあ、もう行くから」

　再び制御装置を付けられて、警備員に連れていかれる。

　右腕が動かないから左腕でバランスを取るのがやっかいだった。

　不便だな……。

　まあ、代償だと思えば……このくらい……。

「莇生さん……！」

　背後から声がして、反射的に振り返る。

　双葉鈴蘭……。と、夜明。

　もう話すことはないっていうのに……。

「……なんだ」

「あ、あの、少しじっとしていてください……！」

　双葉鈴蘭はそう言って、夜明を見て頷いた。

　夜明は躊躇いがちに双葉鈴蘭に手を重ねて、ふたりで何かを始めた。

　この感じ……魔力……？

　双葉鈴蘭に、送っているのか……？

　何をしているのかさっぱりわからない。

　抵抗するのも面倒で、ただぼうっと、ふたりの行動を見ていた。

　双葉鈴蘭は、深く息を吸って俺の右腕に手を翳した。

「……は？」

　なんだ……これ……。

　さっきまで、中身が空っぽになったみたいに軽かった腕が、ずしりと重くなる。

　失ったはずの感覚が戻って、何が起こっているのかますますわからなくなった。

「ど、どうですか……？」

　期待の眼差しで、俺を見つめてくる双葉鈴蘭。

　ゆっくりと、腕を上げてみせた。

　自分でも、信じられない。

「うご、く……」

　こんなことが……あるのか……？

「やっぱり……！」

　ぱああっと顔を明るくさせて、喜んでいる双葉鈴蘭。

「す、鈴蘭、お前は異変はないか……？」

「はい、ありません！」

　夜明が大層心配しているのを見て、少なくともリスクを負って俺を助けたということがわかった。

　……わからない。

　一度命を狙われた相手を、助けるなんて……。

「よかったっ……これで、おあいこです！」

「おあいこって……」

　もとはといえば、俺が勝手に恨んで、あんなことをしたのに。

　それをおあいこなんて言葉で片付けるこの子が、俺にはやっぱりわからなかった。

　でも、こんな子も存在するのかと、少なくとも俺の世界に一筋の希望がさしたような気がした。

「君……ほんとに馬鹿だな」

　本当に……夜明が羨ましい。

　何もかも手に入れて、その上こんなに真っ直ぐな子を婚約者にして。

　滅多に他人を信じない夜明が婚約者を作ったから、どんな子だと思っていたけど……。

　──想像以上の、お人好しだった。

「毒気がぬかれた……もうなんか、どうでもいい」

　ははっと、自嘲ではない笑みが溢れる。

「お前への恨み、婚約者の面に免じて許してやるよ」

　夜明を見て、笑った後、俺は今度こそふたりに背中を向けた。

　いつからかお前を恨むようになってからは、お前に対して心にもない嘘ばかりついてきた。

　だが……。

「せいぜい幸せにな」

　これは、心からの言葉だ。

あなただけ

　あのあと、すぐに莇生さんの能力で腕が治ったことをお母さんたちに報告した。

　みんな泣きながら喜んでくれて、莇生さんの腕も治すことができたから私も素直に喜ぶことができた。

　夜明さんの家に帰ってきて、寝室に入る。

　夜明さんは疲れたのか、入って早々後ろから私を抱きしめてきた。

「はぁ……」

「ふふっ、よかったですね」

「ああ……でも、これからは控えてくれ。今回の能力だって……鈴蘭が無謀なことを言い出した時は心臓が止まるかと思ったぞ……」

　確かに、無謀だったかもしれない……無事に成功したからよかった。

　披露宴の日、私が能力を使ったときに、夜明さんが魔力を注いでくれたと聞いた。

　だから……夜明さんから魔力を分けてもらって、私が能力を莇生さんに使えば、莇生さんの腕が治せるのかもしれないと思ったんだ。

　賭けだったし、夜明さんに断られるかもしれないと言う不安もあったけど……夜明さんが許してくれたおかげで、莇生さんの腕を治療することができた。

「えへへ、ごめんなさい」

　また心配をかけてしまったことは本当に申し訳ないけど、夜明さんが許してくれたことが嬉しくて笑顔が溢れる。

「可愛いから……全部許す」

　かっ……かわっ……。

「ふっ、真っ赤になって可愛いな」

「か、からかわないでくださいっ……」

「からかってない。俺がどれだけ鈴蘭を可愛いと思っているのか、もうわかってるだろ」

　夜明さんはいつも、可愛いと口にしてくれるけど……最近耐性がなかったから……は、恥ずかしい……。

「はぁ……」

「夜明さん、疲れてますか？」

「いや、平気だ。鈴蘭に癒やされようとしてるだけだから」

　私の首筋に顔を埋めて、ぐりぐりと擦り寄ってくる夜明さん。

　か、可愛い……。

　疲れてないって言っているけど、今日はいろんなことがあったし……ただでさえ疲労が溜まっているだろうから、疲れているはずだ。

　それに、さっき莇生さんの腕を治すのに、たくさんの魔力を消費したはず。

「夜明さん、お疲れ様です。本当にありがとうございます」

　少しでも疲れが癒せますようにと思って、私は夜明さんの頭を撫でた。

　それに、疲労もだけど……。

『いつから俺を恨んでいた』

『俺はずっとお前と比べられて生きてきたんだ。お前のことが……世界で一番嫌いだった』

　大事な従兄弟に、あんなふうに言われて……夜明さんの心は今すごく傷ついているはずだ。

『悪いが、それは不可能だ』

『鈴蘭がいる限り、俺が不幸になることはない』

　動くようになった右腕。

　今ならぎゅっと、夜明さんを抱きしめられる。

「鈴蘭……？」

　抱きしめる腕に力を込めた私を、不思議そうに見つめていた。

「夜明さん」

　私は少し首を伸ばして、自分からキスをした。

　驚いている夜明さんを、そのまま再びぎゅっと抱きしめる。

「……っ、ど、どうしたっ……？」

　ふふっ、取り乱してる。

　私のキスで、こんなに喜んでくれる夜明さんが愛しくてたまらない。

「私は、夜明さんのことを裏切りません」

　ずっとそばにいるって、言葉で伝えたい。

「約束します」

　腕の中の夜明さんが、びくっと震えたのがわかった。

「ありがとう……」

「悲しい時も、苦しい時も、一緒にいたいです」

「ああ……ありがとう」

　夜明さんも抱きしめかえしてくれて、ふたりきりの部屋で強く抱擁する。

「莇生は、親戚の中でも仲がよかったんだ。俺は昔から、誰に裏切られてもいいように、誰のことも信じないようにしていた。莇生もそうだ。だが……実際にあいつに裏切られたと知った時は、少し悲しかった」

　悲しんで、当然だ。

　夜明さんはよく、自分には心がないみたいな言い方をするけど……むしろ繊細すぎる人だと私は思う。

　周りの人を大事にしているし、自分の懐に入れた人にはとことん尽くす人。

　だから……従兄弟である莇生さんの裏切りには、誰よりも心を痛めたはず。

「でも、こうして鈴蘭が一緒に悲しんでくれるなら……俺の気持ちも報われる。ありがとう」

　夜明さんは、昔何も信じられなくて、絶望してたって言ってたけど……。

「今も、人を信じるのは怖いですか……？」

「いや、そんなことはない。竜牙のことも、百虎のことも、雪兎のことも……信頼している。何より、鈴蘭のことも」

　その言葉を聞いて、ほっと安心した。

「誰に裏切られても、お前がいてくれればそれでいいと思

える。傷が浅くすんだのも、鈴蘭のおかげだ」

　夜明さんは私の額に、そっとキスをしてくれた。

「お前はいつだって、俺の光だ」

　夜明さんだって……。

　私にとって、太陽のような存在。

「そろそろ眠ろうか。久しぶりに鈴蘭と眠れる」

　嬉しそうに私を抱っこして、ベッドに横になった夜明さん。

　ふたりで見つめあって笑って、ぎゅっと抱きついたまま眠ろうとした時、夜明さんのスマートフォンが震えていることに気づいた。

「夜明さん、電話が鳴っていませんか？」

「……気にするな」

　でも……緊急の連絡かもしれないし……。

　心配で見つめると、夜明さんは私の頭をそっと叩いたあとスマートフォンを取り出した。

　画面を見て顔を顰めた後、めんどくさそうに画面に触れた夜明さん。

「……なんだ、こんな時間に。だから、鈴蘭は無事だと言っただろ。お前には関係ない」

　私……？

「おい、情報を流していたからと言って、調子に乗るなよ」

　情報を流す……？

　もしかして……？

「あの……電話の相手、ルイスさんですか？」

「…………ああ、白神だ」

　ルイスさんは、今回二重スパイをしてくれていたと夜明さんが言ってた。

　ふたりの会話を邪魔したくないけど……私も一言、お礼が言いたいっ……。

「あ、あの、ルイスさん」

『……っ、鈴蘭？』

　夜明さんのスマートフォンに向かって話しかけると、端末から漏れるくらいの大きな声が返ってきた。

「はぁ……」

　夜明さんはため息を吐きながらも、通話をスピーカーにしてくれた。

「今回……ルイスさんが、手を貸してくださったと聞きました。ありがとうございます」

『そんな……礼を言われるようなことはしていない……！』

　どこか嬉しそうな声色のルイスさん。

『そ、それに、もとはといえば俺のせいでもある』

　え……？

　ルイスさんのせい……？

『黒羽莇生の婚約者は、俺の元婚約者だ。と言っても、仮の婚約だったが……。あいつは俺への恨みを、鈴蘭に当てつけようとしたんだ』

　そうだったんだ……。

　それはまだ聞いていない話だったから、驚いた。

『巻き込んで、すまなかった……』

「とんでもないです。それに、きっかけのひとつだっただけで、ルイスさんが協力してくださったのは事実じゃないですか」

　もしルイスさんの婚約者の方が動かなかったとしても、莇生さんは他の人を婚約者に見立てて今回の計画を実行しただろう。

　こうして、結果的に無事にすんだのは……ルイスさんの協力のおかげでもある。

「本当にありがとうございます」

『……鈴蘭……』

　なぜか苦しそうな声で、私の名前を呼んだルイスさん。

『俺は、今でもお前を……』

「ここまでだ。切るぞ」

　最後まで聞けないまま、夜明さんが通話を切った。

　あっ……お、終わっちゃったっ……。

　最後まで話が聞けなくて申し訳ないけど、お礼は言えたからよかった……。

「あの男……」

　何やら、ご立腹の夜明さん。

　ど、どうしてそんなに怒っているんだろうっ……。

「あ、あの、勝手に話してごめんなさいっ……」

　私が話しかけたから、嫌な気分にさせてしまったかもしれないっ……。

　もともと、ルイスさんとはもう金輪際会えない約束だったし、過去のこともあるから……。

「いや、鈴蘭は何も悪くない。悪いのはあいつだ、調子に乗りやがって……」

　鬱陶しそうに舌打ちをして、私を抱きしめた夜明さん。

「鈴蘭は……今でもあいつのことを、考える時は、あるのか……？」

　ルイスさんのこと……？

　不安そうに見つめてくる夜明さんに、きゅんと胸が高鳴る。

　夜明さんには申し訳ないけど……か、可愛いっ……。

　ルイスさんのことは、たまに思い出すけれど、夜明さんが心配する必要は少しもない。

　私にとって、ルイスさんがいたから夜明さんに出会うことができたっていう感謝しかないから……そこに恋愛感情は残っていなかった。

「もちろん、思い出はあります。でも……今の私は夜明さんしか見えていません」

　夜明さんの表情が、少し安心したように緩んだのがわかる。

「信じてくれますか……？」

「ああ。その言葉だけで十分だ」

　伝わって、よかった……。

　この１ヶ月、本当にいろんなことがあった。

　夜明さんと離れて過ごして、生死も彷徨って、一度距離をおこうという決断までしてしまったけど……。

　今こうして、私の腕の中に夜明さんがいてくれる現実に、

ただただ感謝した。

　悲しいこともたくさんあったけど……この1ヶ月の出来事は、きっと私たちの絆を深めてくれたはずだ。

　私はこれからも——ずっと夜明さんのそばにいたい。

　この気持ちは変わらないと、断言することができるほど、夜明さんのことが愛しい。

　愛してます、夜明さん……。

女神のために

【side 竜牙】

「鈴蘭様、お疲れ様です」

　数日前、無事に退院された鈴蘭様。

　実家で過ごされてから、夜明と一緒に寮に戻ってきた。

「竜牙さん……！　ありがとうございます！　ただいまです」

　可愛らしく微笑む姿を見て、胸をさする。

　よかった……この笑顔が、戻ってきて。

　この数週間……気が狂うほど鈴蘭様の安否が心配で、何も手につかなかった。

　またこうして……鈴蘭様の元気な姿が見られていることが、今は奇跡のように思う。

『ご主人！　鈴蘭様！　おかえりなさい！』

　ふたりの帰りを心待ちにしていたのは私だけではなく、さっきまで眠っていたラフ様も飛んできた。

「ラフさん、会いたかったです……！」

　鈴蘭様も嬉しそうに笑顔が溢れていて、微笑ましい光景に私の口角も緩む。

　その後少し積もる話をしてから、食卓を囲んだ。

　普段私は別で食べているが、鈴蘭様が一緒にと言ってくださって、今日はお言葉に甘えてふたりと食事をとらせて

もらった。

　ひさしぶりに見る美味しそうに食べる鈴蘭様の姿に、終始癒された。

　食後に入浴を済ませた鈴蘭様が、リビングに戻ってくる。

　入れ替わるように夜明が浴室に行って、鈴蘭様とふたりになった。

　鈴蘭様直属の使用人もいるが、後ろに控えているため実質久しぶりのふたりきり。

「鈴蘭様、どうぞ」

　ココアの入ったカップをテーブルの前に出すと、鈴蘭様は嬉しそうに微笑んだ。

　元気よく「ありがとうございます！」と言って、そっとココアを飲んだ鈴蘭様。

「美味しいです……！」

　その笑顔は、ここ最近の疲労を全て吹き飛ばすほどの癒し効果があった。

　可愛らしい……。

　ココアひとつでこんなに可愛く微笑んでくれる鈴蘭様が、心底愛おしい。

「莇生さんの一件で、お疲れになられたでしょう。数日間はゆっくり過ごしてくださいね」

「いえ、私よりも夜明さんや竜牙さんのほうが大変だったと思います」

　本気でそう思っているのか、他人のことばかり心配する

鈴蘭様らしい。

「私は何も。それに……今回の功労者は、誰が見ても鈴蘭様ですよ」

今回の一件が大々的に報道され、今や英雄扱いされている鈴蘭様。

鈴蘭様は率先してニュースやSNSを見るタイプではないから、知らないだろうが……昼行性(ダイアーナル)でも鈴蘭様を信仰する声が上がっている。

「裁判での鈴蘭様の立ち振る舞い……とても勇敢でした」

裁判での発言も、鈴蘭様以外の発言なら、少しも心が動かなかったはずだ。

私自身がそうだったからわかるが……鈴蘭様の真っ直ぐな瞳に見つめられると、疑う気も無くなってしまう。

鈴蘭様が放つ穏やかで純粋無垢なオーラは、相手の悪意さえも消してしまう力があった。

「彼を改心させられるのは、きっと鈴蘭様だけだったでしょうね」

私の言葉を聞いた鈴蘭様は、なぜか悲しそうに俯いた。

「苅生さんは……自分に似ていると思ったんです」

鈴蘭様に……？

そういえば、そんなことを言っていた気がするが……。

あの邪悪な男と鈴蘭様に接点があるなんて、私には到底思えない。

「私も、誰かの愛情を、ずっと求めていたので……昔の自分を見ているように思えて、胸が苦しかったんです」

　言葉通り、苦しそうに話している鈴蘭様。
「でも、きっと同情もされたくないでしょうし、どうす
ればいいのかもわからなくて……今でもどんな言葉をかけ
ればよかったのか、わかりません」
　もしかしたら……鈴蘭様は、もっといい方法があったの
かもしれないと思っているのか……？
　責任感が強すぎるというか、情が深すぎるというか……
悪党相手にそんなことを思う必要はないのに。
　それに、鈴蘭様の行動は莇生にとって全て正しかったん
だと思う。
　案外、こじれにこじれた心というのは、圧倒的な純粋さ
を前に絆されたりするものだ。
　悲しそうに俯く鈴蘭様がかわいそうで、胸が痛む。
「鈴蘭様は、十分彼らを救いましたよ」
　目の前に跪いて、その手を握った。
「彼らだけじゃなく、鈴蘭様はいつだって周囲に幸せと救
いをもたらしています」
　わかってほしい。
　どれだけ鈴蘭様が……私たちを幸せにしてくれている
か。
　あなたの存在に、救われているか。
「もちろん、私もです」
　精一杯優しく微笑むと、鈴蘭様の表情が少しだけ和らい
だ。
「正直な竜牙さんにそう言っていただけると……嬉しいで

す」

　正直？　私が……？

　その表現とは程遠い男だと思うが……鈴蘭様がそう言ってくれるならそれでいい。

　笑顔になった鈴蘭様を見て、安心した。

「……おい」

　……戻ってきていたのか。

　夜明はいつも、タイミングが悪い。

「その汚い手を離せ」

　鋭い目で、私を睨んでいる夜明。

「……名残惜しいですね」

　握る手に力を込めると、夜明の眉間にシワがますます深くなった。

「お前……」

「鈴蘭様の手は柔らかいですね。それに、私よりも随分小さいです」

「竜牙さんの手、すごく大きいですね……！」

「竜牙、いい加減にしろ」

　本気で怒っている夜明を見て、くすっと笑ってしまった。

　なんて、平和な時間だろう。

　この奇跡のような時間がいつまでも続くように……今まで以上に気を引き締めて夜明と鈴蘭様にお仕えしよう。

　心の中で、改めてそう誓った。

幸せな学園生活

　鏡に映った、制服を身に纏っている自分の姿。
　今日は……久しぶりの登校日。

　支度をしてリビングに行くと、先に用意を終わらせていた夜明さんが待ってくれていた。
「夜明さん、お待たせしましたっ……！」
　笑顔で駆け寄ると、なぜか私を見て固まっている夜明さん。
　あれ……？　ど、どうしたんだろう？
「……鈴蘭の制服姿、久しぶりに見た気がするな……」
　まじまじと見つめた後、私を抱きしめてきた夜明さん。
「可愛い」
　いつも通りの制服姿なのに、夜明さんは噛み締めるようにそう言ってぎゅっとしてきた。
「あ、ありがとうございますっ……」
　う、嬉しいけど、照れくさいっ……。
「朝から熱いですね」
　竜牙さんの声が聞こえて、慌てて夜明さんから離れた。
　み、見られてたっ……は、恥ずかしいっ……。
「りゅ、竜牙さん、おはようございます……！」
「おはようございます。鈴蘭様の制服姿、私もとっても可愛らしいと思います」

　私たちの会話が聞こえていたのか、竜牙さんは満面の笑みでそう言った。

「おい、鈴蘭に可愛いと言っていいのは俺だけだ」

「はいはい。……前にもまして、独占欲が暴走してますね」

　そういえば、夜明さんは独占欲がとか、束縛がとか……みんながよく話しているけど、それについてはやっぱり私は心当たりがない。

　夜明さんは私の行動を制限したりしないし、むしろ寛容すぎるくらいだと……。

「ん？　どうした？」

　そんなことを思ってじっと見つめていると、夜明さんが嬉しそうに微笑んだ。

　笑顔の破壊力に、ドキッと心臓が高鳴る。

　毎日見ていても、慣れないくらい……本当にかっこいいと思う。

「い、いえ……行きましょう！」

「ああ」

　見惚れていたのがバレないように、顔の熱を冷ましながら玄関に向かった。

　夜明さんと竜牙さんと、一緒にエレベーターを降りると、ラウンジにはみんなの姿があった。

　美虎ちゃん、雪兎くん、百虎さん。美虎ちゃんが真っ先に私に気づいて、嬉しそうに駆け寄ってきてくれる。

「鈴蘭……！　おはよう……！」

「美虎ちゃん、おはよう！」

　美虎ちゃんは、今日も可愛いっ……。

「もう学校通って平気なのかよ」

「雪兎、ずっと心配してたんだよ。もちろん俺もだけど」

「べ、別に、ずっとってほどじゃ……！」

　雪兎くんは、文章はなかったけど、毎日ノートの写真を送ってくれていた。

「鈴ちゃんが来ないからつまんなさそうにしてたじゃん」

「ち、ちがっ……余計なこと言うな！」

　雪兎くん……そんなに心配してくれていたんだ……。

　嬉しいなっ……。

「ふふっ、いつも心配してくれてありがとう」

「ちっ……は、早く行くぞ！」

　顔を背けるように、寮の出口のほうを向いた雪兎くん。

　その耳が赤くなっていることに気づいて、かわいくてくすっと笑ってしまった。

「鈴蘭、体調が悪くなったり、何かあったらすぐに呼ぶんだぞ」

　いつものように、教室まで送り届けてくれた夜明さん。

「絶対だぞ？　遠慮なんていらないからな？　わかったか？」

　いつも以上に念を押す言い方に、戸惑いつつもこくこくと頷く。

「は、はい……！」

「夜明さん、さらに過保護に磨きがかかってるな……」

　後ろで、ぼそっと雪兎くんがつぶやいたのが聞こえた。

「ほら夜明、行きますよ」

「昼休みに迎えに来るからな。またな」

　竜牙さんに首を掴まれて、名残惜しそうに行ってしまった夜明さん。

　姿が見えなくなるまで手を振って、教室に入った。

「鈴蘭ちゃん……！」

「鈴蘭様……！」

　わっ……み、みんな……！

　中に入るや否や、クラスメイトのみんなが一斉に集まってきてくれる。

「よかった……元気そうで……！」

「安心しました……！」

「ずっと休んでいたから、心配だったんです……！」

　みんな私を心配してくれていたのか、目に涙を浮かべている子までいた。

　みんな……。

　優しさが胸に染みて、私まで涙が出そうになった。

　こんなふうに心配してくれるクラスメイトのお友達がたくさんできるなんて……。

　少し前の私が見たら、信じないだろうな……。

　今の私は、本当に幸せものだっ……。

「し、心配してくれてありがとう……！　今日からいつも通り登校する予定だから、よろしくお願いします！」

「こちらこそ……！」

「事件のこと、ニュースで見ました」

　え……？

　目を輝かせて、私を見ているみんな。

　ニュース……？　事件って、もしかして反乱軍の人たちのこと……？

　最近テレビを見ていなかったから、ニュースになっていたなんて知らなかった……。

「鈴蘭様、かっこよかったです……！」

「誇らしいですわ……！」

　い、一体どういう報道がされたんだろう……。

　褒められているのはわかるけど、状況がわからなくて反応に困ってしまった。

「鈴蘭……！」

　あ、星蘭……！

　教室の扉のほうから声がしたと思ったら、走ってくる星蘭の姿が見えた。

「やっときたわね……全く、いつまで休んでんのよ」

　星蘭と会うのは、腕が治ったと報告した時以来だ。

　あの時の星蘭はずっと泣いていて、その姿を見て私も泣いてしまった。

　すぐに学校に戻ると伝えたけど、数日休んでしまったから、星蘭にもまた心配をかけてしまったのかもしれない。

「星蘭、おはよう！　ふふっ、休みすぎちゃってごめんなさい」

「まあ……げ、元気ならいいのよ」

「ふふっ、ありがとう……！」

　そっぽを向いている星蘭だけど、私の姿を見て安心してくれているのがわかった。

「ねえ星蘭」

「何よ」

「ぎゅってしてもいい？」

　もしこの腕が治ったら……星蘭をぎゅっとしたいと思っていたから。

「はっ……？　な、何言って……」

　や、やっぱり嫌だったかな……？

「あ……む、無理にとはっ……」

「鈴蘭……代わりにあたしとぎゅってして……」

　私の服を引っ張って、甘えるように言ってきた美虎ちゃん。

「ちょっ……どきなさいよ！」

　そんな美虎ちゃんを私から引き離した星蘭は、私のほうを見て手を広げた。

「……ほ、ほら」

　これは……抱きしめてもいいってことっ……？

「星蘭っ……！」

　嬉しくって、勢いよく飛びついた。

　やっぱり……こうして抱きしめられるのは、幸せだ。

　私にとって、世界でたったひとりの、可愛い可愛い妹。

「……全く、こんな人前で小っ恥ずかしい……」

　星蘭は顔を赤くしているけど、嫌がっている様子はなくて安心した。

「鈴蘭、あたしとも……」

「ふふっ、うん！」

　美虎ちゃんのこともぎゅっと抱きしめると、私の腕の中ではにかんでいる。

　か、可愛いっ……。

　愛おしくなってさらにぎゅっとした時、なにやら美虎ちゃんが雪兎くんを睨んでいることに気づいた。

「……あんたは、ダメ……」

「べ、別に、俺はっ……！」

　もしかして……。

「雪兎くんも……！」

　私にとって雪兎くんも大事な大事な友達だから、仲間はずれはよくない。

　美虎ちゃんごと、雪兎くんのことも力強く抱きしめた。

「ちょっ……よ、夜明さんに殺されるっ……」

「え？」

「……いや……こいつ挟んでるし、いいか」

「あたしは鈴蘭とだけハグがしたいのに……」

　いつもの日常。いつもの友達と、いつもの穏やかな空間。

　あの時……夜明さんが助けてくれなかったら、今ここにいなかったかもしれない。

　そう思うと、これは決して当たり前なんかじゃなくて、奇跡のような幸せなんだと感じた。

　またここに戻って来れて……本当によかった。

「これからも、よろしくねっ……」

　私はみんなに、満面の笑顔を向けた。

【XⅣ】 永遠の約束

優しい夜明さん

　あれから、半年が経った。

　反乱軍の人たちが捕まった後、昼行性(ダイアーナル)の動きも落ち着き、今は事件もなく平和な生活を送っている。

　今日から……新学期が始まる。

　始業式が始まる前、私は大講堂のステージの裏にいた。

　周りには、夜明さんと竜牙さん、百虎さんと雪兎くんの姿も。

　緊張している私を見て、雪兎くんが笑った。

「出世したな」

　しゅ、出世って……。

　なぜ私がここにいるかと言うと、2年生のノワール学級の代表に雪兎くんと一緒に選ばれたから。

「鈴ちゃん緊張してる？」

「は、はい……とてもっ……」

　夜明さんの婚約者としていろんな式に出席させてもらうことが増えて、少しは慣れたと思っていたけど……まだまだ人前に立つのが苦手なのは変わっていないみたいだ。

　心臓が、飛び出しそうっ……。

「立っているだけでいいですよ。大勢の生徒なんて、虫だと思えばいいんです」

「えっ……」

　清々しいほどの笑顔を浮かべている竜牙さんに、冷や汗が溢れた。

「竜牙さん、最近黒い部分隠さなくなりましたね……」

「はい。どうせ美虎様にバレていると思うと、なんだかどうでも良くなってきてしまって」

　ちなみに、2年生も美虎ちゃんと雪兎くんとは同じクラスになれた。

　なんと、星蘭も同じクラスだ。

　クラス表を見た時は嬉しくて、2年生としての学園生活が一層楽しみになった。

「鈴蘭は俺の隣に立っているだけでいい。大丈夫だ」

　私の緊張をほぐすように、夜明さんが頭を優しく撫でてくれた。

　夜明さん……。

　あれから、夜明さんとはすれ違いもなく、幸せな日々を送っている。

　夜明さんはあの事件以来、私に隠し事をしなくなった。

　些細なことでも頼ってくれるようになって……変わる努力をしてくれている夜明さんに、愛おしさが増している。

　私も、日々夜明さんにふさわしい人になれるように、最大限努力しているつもりだった。

「いくぞ」

　夜明さんの声を合図に、みんなでステージの上に向かう。

　何不自由ない、幸せな生活。ただ……ひとつだけ、気になることがあった。

　学校が終わって、夜明さんと寮に戻ってきた。

　新学期で宿題もないから、ふたりでゆっくり過ごしていた時だった。

「鈴蘭……」

　夜明さんに名前を呼ばれて、首をかしげる。

「その……俺への不満はないか」

　これは、最近の夜明さんの口癖だ。

　私が距離を置こうと言ってから、それがトラウマになってしまったのか、定期的に聞いてくるようになった。

　いつも不安そうに恐る恐る聞いてくる夜明さんを見て、罪悪感を覚えている。

　あの時は離れる選択肢しか浮かばなかったけど、こんなにトラウマになってしまうなんて……夜明さんには申し訳ないことをしてしまった……。

　私は首を横に振った後、ぎゅっと夜明さんを抱きしめた。

「ひとつもありませんっ……」

　不安を取り除くには、毎日愛を伝えるしかないっ……！

　そう思って、あれ以来愛情表現をわかりやすくすることを意識している。

　夜明さんが心配になる暇もないくらい愛を伝えないと。

「そうか……」

　安心したように、表情を緩めた夜明さん。

　その顔を見ると、私も安心する。

「大好きです。私ももう、離れるなんて考えられません」

　改めてそう伝えると、夜明さんはぱあっと顔を明るくさ

せた。

「鈴蘭っ……」

　苦しいくらい強く抱きしめ返してくる夜明さんが可愛くて、そっと頭を撫でる。

「よかった……もし次鈴蘭に離れたいと言われたら、俺は物理的に閉じ込めてしまうかもしれないからな」

「ぶ、物理的に……？」

　なんだか物騒に聞こえるっ……。

　ひとまず、私の愛もちゃんと伝わっているみたいでよかった。

　こんな感じで、変わったこともありつつ、私たちは順調に過ごしている。

　入学式が終わって、久しぶりに夜明さんの実家におじゃまさせてもらった。

　夜明さんとお父さんがお話をしている間、私はお母さんと一緒にスイーツをいただいていた。

　私がくる時、いつもお母さんが美味しい紅茶とお菓子を用意してくれている。

　大好きなスイーツを食べながら、大好きなお母さんとお話しするのは私にとって至福の時間だった。

「鈴蘭ちゃんも２年生ね。時間が経つのは早いわね～」

　お母さんは嬉しそうに微笑んでいて、私も笑顔が溢れた。

「夜明も今年卒業だし……ふたりの制服姿を見れるのももう少ないと思うとさみしわね……。定期的に帰ってきてく

れると嬉しいわ」

「お母さんさえよければ、休日はぜひおじゃまさせてください」

「あたしはいつでも大歓迎よ〜！　鈴蘭ちゃんがきてくれてから、夜明も定期的に帰ってきてくれるようになったの」

「そうだったんですか……？」

「前までは年に一回帰ってくるくらいの頻度だったから、滅多にあっていなかったのよ。それこそ黒闇神家の式典にも、夜明は無断欠席することもあったから」

　お母さんはそう言った後、しまったという表情をした。

「あ……こ、これは内緒にしてね。鈴蘭ちゃんに話したってバレたら怒られちゃうわ」

「ふふっ、秘密にします」

　お母さんはたまに、夜明さんの昔の話や、私が知らないお話を聞かせてくれる。

　それがすごく嬉しくて、知らない一面を知るたびにまたひとつ夜明さんに近づけたような気持ちになった。

「夜明さんも、たまにお母さんとお父さんの話をしてくれます」

「え？　そ、そうなの？」

　お母さん、すっごく驚いているけど……そんなに意外だったのかな？

「はい。ふたりの話をするときの夜明さんの表情は、いつも穏やかで……尊敬しているのが伝わってきます」

　私の言葉に、お母さんはさらに目を見開いた。

「まあ……びっくりだわ……」

　驚きから、喜びの表情に変わったのを見て、私も口元が緩む。

　勝手に話すのはいけなかったかもしれないけど……お母さんが嬉しそうでよかった。

「そ、それより……ふたりは、今後の話をしたりしないの？」

「今後……？」

「高校を卒業してからとか……け、結婚についてなんかは、話し合っているのかしら？」

「えっ……」

　突然の話題に、今度は私が驚いてしまう。

　私と夜明さんは婚約者だから、驚く話ではないかもしれないけど……改めて結婚というワードを聞くと、ドキドキしてしまう。

「そ、そういえば、そう言った話は最近全くしてませんでした……」

　結婚の話をしたのは……それこそ、莇生さんの披露宴の前、お母さんとお父さんと４人でいた時に話したのが最後だ。

「あら……夜明ったら、意外と意気地なしなのね……」

　お母さんに聞かれるまで、あまり深く考えていなかったけど……そういう話も、きちんと進めていかないといけないのかな。

　ふと、あることが気になった。

「あの……」

「どうしたの？」

「お母さんは……本当に……」

　私が夜明さんと結婚して、黒闇神家に入ることを……心から望んでくれているかな……？

　喉まででかかった言葉を、ごくりと飲み込んだ。

　……ううん、これを聞くのは失礼だ。

　私は今まで、お母さんとお父さんからたくさん愛情をもらった。

　ふたりから愛してもらっている自覚がきちんとあるのは、それだけふたりが私のことを可愛がってくれたから。

　なのに、改めて確認のように聞いてしまったら、今までお母さんとお父さんがくれた愛情を否定してしまうことになる。

「いえ、何もありません」

「……鈴蘭ちゃん」

　お母さんは、何かを察したように私を見て微笑んだ。

「あたしはもう、あなたのことを家族だと思ってるわ。ふたりの結婚は、あたしたちにとっても待ち遠しいの」

　もしかして……私の気持ちなんて、全部お見通しだったのかな……。

「世界中に、あなたはあたしの一番可愛い娘だって自慢できるんだもの」

「お母さん……」

　私はなんて、恵まれているんだろう。

「私……幸せです……」

　私も、こんなに素敵なお母さんがいるって、胸を張って言いたい。

　本当の意味で、家族になれる日が来たらいいな……。

「あたしも、こんなに素敵な娘がいて幸せよ。何があってもあなたは大事な存在だわ。この先もずっと変わらない」

　お母さんは、私の手をそっと握った。

「家族って、そういうものよ」

「はいっ……」

　本当の家族と馴染めなかった頃、理想の家族を思い描いていた。

　でも、今目の前にいるお母さんは……私の理想よりも、何倍も素敵なお母さん。

　夜明さんと家族になった日には、お母さんのこと……本当の意味で、お母さんって呼びたい。

「戻ったぞ。……あ？」

　扉が開いて、夜明さんとお父さんが広間に入ってきた。

「……おい、これはどういうことだ？」

　私が泣きそうな顔をしていたから何か誤解したのか、夜明さんが怖い顔でお母さんを睨んでいる。

「ち、違うんです、私が勝手に……」

「ふたりとも、なんの話をしていたんだい？」

「ふふっ、秘密よ」

「……おい、鈴蘭をいじめたら許さないと言っただろ」

「あたしが鈴蘭ちゃんをいじめるわけないでしょ！　もとはといえば、あんたが意気地なしなのが悪いのよ」

「は？」

　口論が始まってしまったことにおろおろしながら、こんな日々がいつまでも続けばいいなと思った。

　夜明さんと……家族に……。

　想像するだけで、それはこの上ない幸せだと思った。

頼もしい婚約者

【side 夜明】

　夜になり、先に眠った鈴蘭の寝顔を見ながら、ふっと笑みが溢れる。

　可愛い……。

　本当に、天使だな……。

　いつまででも見ていられる。というか、ずっとこのまま見ていたいくらいだ。

　反乱軍の事件から、半年が経った。

　あの事件で、鈴蘭が身を挺して昼行性（ダイアーナル）を守ったことが広まった。

　さらに、反乱軍を罰するどころか、自分の命を顧みずに助けた女神と言われ、鈴蘭は昼行性（ダイアーナル）にとって英雄のような存在になった。

　女神に反発していた派閥も、昼行性（ダイアーナル）も、誰も鈴蘭に反発するものはいなくなり、女神の名の通り神聖化されている。

　鈴蘭にならついていくと、昼行性（ダイアーナル）の中で鈴蘭を支持する組織も生まれ、以前よりも政界内の派閥も無くなった。

　命を狙われるようなこともなく、今は平和に過ごしている。

　俺も、もう同じ過ちを犯さないように、変わる努力をしているつもりだ。

　そして……俺だけではなく、鈴蘭も。

　鈴蘭はあれ以来、愛の言葉を口にしてくれるようになった。

　愛情表現をしてくれるようになったと言った方がいいか。以前は恥ずかしがっていたが、今は毎日のように「好き」と言葉にしてくれている。

　それが嬉しくて、幸せでたまらない。

　鈴蘭が愛情を示してくれるたびに、言葉にできないほどの幸福感に満たされていた。

　今は前以上に……鈴蘭がいない生活なんて考えられない。

　俺の鈴蘭への感情は、止まるどころか日々勢いを増していた。

　鈴蘭がいてくれたら……俺はそれだけで、幸せだ。

　そう思っているが、最近少しやっかいなことが多い。もちろん、鈴蘭に関することで。

　鈴蘭が世間からも認められ、俺たちの婚約に反対するものや邪魔をするものが減ったのはありがたいことだ。

　だが……鈴蘭が認知されればされるほど、いたるところでファンが増えている。

　秘密裏にファンクラブとやらがいくつも存在するらしく、鈴蘭の隠し撮りの写真なども出回っているらしい。

　俺の婚約者だと知っていながら、鈴蘭に近寄ろうとする輩も増えていて、気が気でなかった。

　本当に腹立たしい……俺のものだと言うのに……。

　そんな周囲への不満を抱きつつ、鈴蘭と幸せな生活を

送っていたある時だった。

　いつものように鈴蘭と実家に帰っていた時、父親からふたりで話があると言われて書斎に移動した。

「今度の国際会議についてなんだが……敵国が怪しい動きを見せているらしい」

　来週に迫った国際会議で問題が発生したらしく、いつになく深刻な表情をしている父親。

「警備も重圧だ。心配はいらないだろうが……万が一何かあったらと思って」

「万が一ってなんだ。不吉なことを言うな」

「わたしが怪我でもしたら、黒闇神家も混乱するだろうからね。まあ、念のために伝えておこうと思っただけだ」

　念の為に俺に伝えるくらい、嫌な予感がするということか。

　昔から、父親の予感はあたる。

　実際……披露宴の時の、鈴蘭の忠告も……。

　あれから、父親の助言は聞くようにしようと肝に免じた。

「それより、鈴蘭ちゃんとの結婚はどうなってる?」

「……」

　急に話が変わりすぎだろ……。

　父親も母親も、会うたびに結婚結婚とうるさい。

　もちろん、楽しみにしてくれているのはわかっているし、鈴蘭のことに関して常に協力的なことには感謝しているが、俺にだってタイミングがある。

「卒業後に式をという話だったが……もうふたりでは話し

合ったのか？」

「……まだだ」

「式の準備もあるし、そろそろ本格的に進めないといけないよ」

「わかっている……だが……」

　どうしても、話すきっかけを見つけられずにいる。

　鈴蘭と俺は婚約者なのだから、気軽に話を切り出してもいいとは思うが、俺は半年前鈴蘭に距離を置こうと言われたことがいまだにトラウマだった。

　まだ鈴蘭が俺のことを許してくれたかもわからない状況で、結婚の話をしたら……呆れられないか？

　もし話を切り出して、まだ早いと言われたら……立ち直れないかもしれない。

　鈴蘭が関わると、あまりにも慎重になってしまう。

「もしかして、断られるのが怖いのか？」

「……黙れ」

　図星だと受け取ったのか、鼻で笑った父親を懲らしめてやろうかと本気で思った。

　まあ、冗談を言えるくらい平和なのはいいことだ。

　父親の予感が、現実にならなければいいが……。

　そう思っていた数日後、事件は起こった。

「夜明様……！」

　授業が終わり、ラウンジで鈴蘭を待っている時、黒闇神家のボディーガードのひとりが、血相を変えて現れた。

「魔王様と、夜伊様がっ……」

「何……？」

　わけを聞くと、他国の魔族抗争に巻き込まれ、大怪我を負ったらしい。

　ふたりとも重症で、今病院に搬送されている状況だと聞かされた。

「……そうか」

　ひとまず、俺も向かおう。

　鈴蘭は……。

「夜明さん、お疲れ様ですっ……！」

　雪兎と百虎の妹と、笑顔でラウンジに現れた鈴蘭。

「あれ……何かあったんですか？」

　ボディーガードが学内にいることと、緊迫した空気を察したのか、心配そうに俺を見つめる鈴蘭。

　両親が危険な状態だと話せば、鈴蘭はショックを受けるだろう。

　それに、重症と言ってもどれほどの状態なのかがわからないが……自分を犠牲にしても治すと言い出すかもしれない。

　鈴蘭にこのことを伝えるべきか一瞬悩んだが、俺はあの時の一件を思い出した。

「……両親が、抗争に巻き込まれた。今病院に緊急搬送されているらしい」

　鈴蘭には、正直に話すと約束したんだ。

　それに、もしここで嘘をついて、ふたりに何かあった

ら……鈴蘭はまた俺への不信感を募らせるだろう。

　この半年間積み重ねた信頼を、壊したくはない。

　それに……俺も鈴蘭のことを信用している。

「えっ……そんな……」

「今から俺もいくつもりだ。鈴蘭も……一緒に来てくれるか？」

　鈴蘭の力が……必要かもしれない。

　俺の言葉に、鈴蘭は真剣な表情で頷いた。

「はい……！」

　俺は急いで病院に転移するため、鈴蘭を抱えた。

「夜明さん」

「ん？」

　俺に抱えられながら、鈴蘭がこっちを見ている。

「頼ってくれて、ありがとうございます」

　なんだそれは……。

　お礼を言うのは、俺のほうだ。

「ついてきてくれてありがとう」

　こんなふうに、誰かに助けを求めたのはいつぶりだ。

　いつも、じぶんひとりで解決する方が早いと、救いを求めることさえしなかった。

　でも今は……。

　抱きかかえている鈴蘭の存在を、とても頼もしく感じた。

命に替えても

　お父さんとお母さんが危険な状態と聞き、急いで夜明さんと駆けつけた。

「夜明様、こちらです」

　緊迫した空気が流れていて、ごくりと息を呑む。

　お母さんと、お父さん……そんなに危険な状況なのかな……。

　ふたりに、何かあったら……。

　想像するだけで、足がすくみそうになる。

「……鈴蘭、大丈夫だ」

　私の不安が伝わったのか、歩きながら夜明さんがそっと手を繋いでくれた。

　……夜明さんは、私以上に不安なはずなのに……。

「……はい、きっと大丈夫ですよね」

　私も夜明さんを安心させたくて、握る手に力を込めた。

「こちらです」

　案内されたのは、病室ではなくカーテンで仕切られた救命室だった。

　夜明さんがそっとカーテンを開けると、そこにいたのは、重傷をおったお母さんとお父さんだった。

　特に、お母さんは呼吸器も付けられていて、危ない状況だというのがすぐにわかった。

　……っ。

「夜明……鈴蘭ちゃん……」

　幸い、お父さんは意識があるのか、すぐにお父さんのほうへ駆け寄る。

「おい、大丈夫か……!?」

「ああ……私は平気だ……でも……」

　隣のベッドで横たわるお母さんを見て、お父さんが悲痛に顔を歪めている。

　いつも温厚で、余裕があって、堂々としているお父さんのこんな表情を見るのは初めてで、思わず涙が出そうになった。

「彼女は、どんな状況だ……」

「意識不明の重体です。内臓……特に肺の損傷が激しく、自発呼吸ができていない状態です」

　お医者さんが、苦しそうに眉を顰めた。

　そんな……。

「手の打ちようがなく、時間の問題かと……」

「……っ」

　お父さんの顔が、ますます歪んでいく。

　その瞳には涙が浮かんでいて、あのお父さんが泣いている姿に、夜明さんも驚いていた。

「わたしが……守れなかったせいだ……」

　お父さん……。

「わたしをかばって……」

　どうしよう……このままじゃ、お母さんが……。

　私の治癒の能力が、どこまで通用するのかわからない。

　今まで一番大きな能力の行使は、萌生さんの腕を治した時だから。

　呼吸器をつけて、目を瞑っているお母さんを見て、私は深く息を吸った。

「夜明さん、お願いします」

「……ああ」

　私たちが何をしようとしているのかわかったのか、お父さんは焦ったように首を横に振った。

「待ちなさい……！　まだ魔力のコントロールが不安定だと言っていただろうっ……ふたりまで……」

「いえ……あの日から、少しずつ練習していたんです。まだ、軽い怪我や骨折を治す程度ですが……」

　夜明さんから魔力をもらって、能力のことを知っている周りの人の小さな傷や体調不良を治していた。

　私の能力がどこまで有効なのか知るために。

　そして——こういう時のために。

「大丈夫です、お父さん」

「鈴蘭、無理だけはするな」

「はい……！　夜明さんも」

　魔力を使うのは夜明さんだから、私以上に負担が大きいはず。

　どうか……助かって……。

　私はそっとお母さんの体に手を翳した。

　お母さん……っ。

　ズキッと痛みが走って、小さく声が漏れた。

「鈴蘭、やはりもう……」

「いえ……夜明さん、もう少し魔力をください……！」

「大丈夫か？」

「はい……！」

　このままお母さんがいなくなるなんて、嫌だ……っ。

『あなたはもう、あたしの娘よ！』

『あたしたちのことは、本当の家族だと思ってね』

　私のことを、笑顔で迎えてくれたお母さん。

　いつだって優しくて、どんな時も味方でいてくれたお母さんは……私にとってももう、本当のお母さんのような存在なんだ。

「……っ」

　頭が痛い……でも……お母さんの傷がっ……。

　痛々しい傷が、光に溶けるように消えていく。

　嫌な音を立てていた心拍機が、正常な音を鳴らしたのが聞こえた。

　魔力の供給を中断すると、どっと疲れを感じてその場に座り込んだ。

「鈴蘭、大丈夫か……!?」

「はい……ただ体がびっくりしているだけで、消耗した感覚はありません。それより……」

　お母さんは……助かった……？

　傷ひとつなくなったお母さんが、ゆっくりと目を開いた。

　え……？

　私たちに気づいたお母さんは、状況がわかっていないの

か、不思議そうにこっちを見ている。

「……すずらん、ちゃん……よあけ……？」

「……っ」

　まるでお昼寝から目覚めるみたいに、軽いあくびをした
お母さん。

「え……ど、どうして鈴蘭ちゃん、泣いて……！」

　よかった……よかったっ……。

「夜伊……」

　お父さんが、声を震わせながらお母さんの名前を呼んだ。

「あ、あなたまで……」

　お母さんに状況を説明する余裕もないくらい、安心して
涙が止まらない。

「ああ……ありがとう……本当に……よかった……っ」

　お父さんはぼろぼろと涙を流しながら、何度も「ありが
とう」と繰り返した。

　お母さんが困惑しながら夜明さんに説明を求めた時、席
を外していたお医者さんが戻ってきた。

　目覚めているお母さんと正常な心音機を見て、持ってい
た器具を落としたお医者さん。

「え……!?　い、一体何が……!?　こ、こんなことはあり
えません……！」

　冷静さを失っているお医者さんをどう説得しようか悩ん
でいるのか、夜明さんが頭を押さえた。

　あれ……夜明さん、よく見たら顔が真っ青っ……。

「夜明さん、大丈夫ですか？」

「え？　ああ、だいじょう……」

　言い切るよりも先に、ふらりと私のほうへ倒れた夜明さん。

　受け止めたけど、まるで体に力が入っていないように夜明さんの全体重が私にかかる。

　そのまま、ゆっくりと近くの椅子に座った。

「か、顔が真っ青です……！　さっき、ほとんど魔力を使い切ったんじゃ……」

　夜明さんの魔力量は他の魔力とは比べ物にならないと聞いたことがあるけど、今回お母さんの大怪我を治すのには相当な魔力が必要だったはず。

　私は命を消耗した時と比べても後遺症は何もないから、夜明さんはほとんどの魔力を出し切ってくれたのかもしれない。

「夜明も、もう動けないだろう。ベッドを用意してもらって、休ませよう」

　苦しそうに息をしている夜明さんが心配で、必死に背中をさすった。

「夜明さん、意識はありますか？」

「ああ……魔族は魔力が減ると、スタミナ切れのような状態になるんだ。少し休めば戻る」

　隣の部屋のベッドに、スタッフの方と一緒に夜明さんを運ぶ。

　横になった夜明さんの手をそっと握ると、苦しそうに息をしながらも、優しい表情で私を見つめていた。

「鈴蘭……ありがとう」

　もう片方の手も添えて、両手でぎゅっと握った。

「私のほうこそ……信じてくれてありがとうございます」

　きっと私が能力を使うと言い出して、夜明さんは心配してくれたはず。

　それでも、私の可能性を信じてくれた。

　私は……少しでも、夜明さんやお母さんたちの役に立てたかな。

　今は少しだけ、支えあえているかもしれないと思うことができた。

【side 夜明】

　念の為、俺と鈴蘭も検査を受けさせられた。

　鈴蘭も相当疲れたのか、検査中に眠ってしまったらしく、俺も大事をとって今日は病院に泊まることになった。

　鈴蘭が眠っているのを確認して、使用人ふたりに任せて両親の病室に向かう。

「起きてるか」

「夜明……」

　中に入ると、ふたりで話していたのか元気そうな姿があった。

「鈴蘭ちゃんは？」

「検査の途中で眠った。今日は俺たちもここに泊まる」

「そうか……」

　父親は安心したように微笑んでから、母親のほうをみた。

「明日、改めてお礼を言わないとね」

「ええ……鈴蘭ちゃんは、命の恩人ね」

　そう言って微笑んでいる母親。

　それにしても……ここまでとはな……。

　さっきまで昏睡状態だったとは思えないほどピンピンしている母親の姿に、女神の力とやらを思い知らされた。

　さっきの医者たちにも、口止めをしておかないといけない。いや、記憶を消したほうがいいか。

　鈴蘭のこの力が世の中に知れ渡ったら、大変なことになる。

　鈴蘭には、できる限り能力は使わずに、平和に過ごして

欲しい。

　もう十分平和とは程遠いが、鈴蘭の平穏を守るために、いっそう働きかけなければいけない。

「もうこんなことは勘弁してくれよ。俺はともかく、鈴蘭がずっと心配して震えていたんだから」

「そう……心配かけて、本当に悪かったわね……」

「本人に言ってやれ」

「ふふっ、そうね」

　へらへら笑っている母親を、愛おしそうに見つめている父親が、静かに俺に視線を移した。

「鈴蘭ちゃんは……初めてあった時よりも、随分頼もしくなったね」

「……」

「正直、最初は不安だったんだ」

　それは、初めて聞く話だった。

「とても優しい子だろうと一目でわかったけど、優しいだけでは黒闇神家の一族として生きていくのは難しい。だから、この子は本当に夜明の婚約者にふさわしいのかと、何度かお母さんに話したんだ。まあ、彼女には怒られたけどね」

「当たり前じゃない！　鈴蘭ちゃんは繊細なんだから、あなたの不安にも気づいていたはずよ。かわいそうに」

「繊細な子は……光が当たりすぎる場所にいると、心が壊れてしまう。夜明が守ると言っても、限界があるだろう」

　俺は静かに、父親の話を聞いていた。

「でも彼女は……わたしの想像よりも、夜明を想ってくれた」

　俺を……？

「決して精神的に強いわけではないと思う。ただ、夜明のために強くなろうと努力している。それがきっと、彼女を強くしたんだろうね」

　鈴蘭の気持ちは、俺もわかっている。

「夜明が大切な人を見つけられるかずっと心配だった。でも……わたしたちの想像以上に、素敵な子と出会ってくれてよかったよ。鈴蘭ちゃんには、感謝してもしきれない。今回の件も含めて」

　父親がそんなことをいうのが意外で、少し驚いてしまった。

　いつもヘラヘラしているが、父親は俺以上に人間不信だ。

　父親にこんなことを言わせるなんて……。

「あんなに素敵な子だから……婚約者だからって気を抜いていると、誰かにとられてしまうよ」

　急に話の流れが変わって、父親を睨みつけると、面白がっているのかかくすっと笑っていた。

「……わかってる」

「わたしも夜明くらいの年齢の時は、ずっと焦っていたから気持ちはわかるけどね」

「政略結婚だったんじゃないのか？」

「そうだよ。でも、わたしが一目惚れしたんだ」

　そうだったのか……？

「お母さんはとにかく魅力的な人だったから、毎日不安で仕方なかったよ。早く捕まえないととられてしまうって焦って、出会ってすぐにプロポーズした」

　知らなかった両親のエピソードに、内心複雑な気分だった。

　別に、聞きたくはない……。

「ふふっ、あの時のあなた、本当に必死だったわね」

「自分でも、格好悪かったと思うよ」

「でも……それを見て、結婚してあげなきゃって思ったのよ」

　思い出すように、ふっと笑った母親。

「この人はきっとあたしがいないとダメなんだわって思ったら、放っておけなかったから」

　カッコ悪い姿を見て、そんなふうに思うものか……？

　それが本当なら、今すぐに結婚してくれと鈴蘭に縋るけどな……。

「……初めて聞いた」

　父親も初耳だったのか、驚いて目を見開いている。

「……あの時のみっともない自分に感謝しないとね」

　ずっと、鈴蘭に断られることに怯えて話を切り出せずにいたが……そんなことを気にする暇があるなら、自分の気持ちをぶつけてしまったほうがいいかもしれない。

　きっと言わずにいたら、後悔する。

　微笑みあっているふたりを見て、俺はひとり覚悟を決めた。

未来の話

　その後、お父さんは数日間入院して体調も回復し、1週間後にはふたりともいつもの元気な姿に戻っていた。

　無理はしないでほしいと伝えたけど、仕事人間なふたりはすぐに仕事にも復帰したみたいだ。

「お母さんとお父さん、大丈夫でしょうか……心配です」

「大丈夫だ。今までも、何度かああいうことはあったが、すぐに回復していた。魔族はもともと生命力が高いし、あのふたりは特にだ」

　確かに、お父さんとお母さんは私の心配がいらないくらいすごい人たちだ。

　でも、これからも何かあった時は、私ができる最大限のことをしたい。

　ふたりは私にとって……大切な家族だから。

「安心したら眠たくなってきました」

　今は寝室にふたりで、ベッドに横になっている。

　そろそろ眠ろうかと思った私の頬に、夜明さんがそっと手を重ねた。

「鈴蘭……」

　真剣な表情をして、どうしたんだろう……？

「今日は……大事な話があるんだ……」

「大事な話……？」

　わ、悪い話ではないかな……？

　また心配になって、ごくりと息を呑む。

「一度話したことがあるが……俺は、俺の卒業と同時に鈴蘭と結婚したいと思っている」

　夜明さんの話は、結婚についてのことだった。

　突然その話になると思っていなくて、びっくりしてしまう。

　卒業と同時に……。莇生さんの披露宴の前に、お母さんとお父さんと4人で食事をした時そういえばそんな話をしていた。

　あの時は、冗談半分だと思っていたけど……本当に、学生結婚を考えていたんだっ……。

「形式上だけでいい。正式に黒闇神の籍に入って、式を上げて……鈴蘭はまだ一年高校生活が残っているし、俺も大学に進学する。結婚したからといって何かが変わるわけではない」

　結婚……。

　まだ先の話だと思っていたから、急に目の前にその言葉が吊るされて、正直少し戸惑ってしまった。

「正式に結婚すれば、鈴蘭のことを守る環境も作りやすくなる。それになにより……」

　夜明さんが、愛おしそうに私の頬を撫でてくれる。

「夫婦だという、証明がほしい」

　証明……。

「それに、俺が卒業した後は、鈴蘭も寮を出て実家に移ってほしいと思っているんだ。これからも、同じ家で生活し

たい。ゆっくりでいいから、考えていてほしい」

　夜明さんは返事はせかさないとでも言うかのように、そこで話を終わらせた。

「それじゃあ、今日はもう寝よう」

　もしかして夜明さんは……私が断ると思っているのかな……？

　そんなこと、あるわけないのに……。

　それに、挙式をするなら1年前から準備は進めなければいけないはず。

　ゆっくり考えている時間はないはずなのに、私のために急かさずそう言ってくれる夜明さんを愛おしく思った。

「私は……以前にも言いましたが、いつでも構いません」

「え……？」

「私の思い描く未来にはいつも、夜明さんがいます」

　夜明さんに気持ちを伝えた時から……私はもう、夜明さんのものだと思っていた

「い、いいのか……？」

　驚いている夜明さんに笑顔で頷くと、ぎゅっと抱きしめられた。

「ありがとうっ……本当に、嬉しい。早速明日から、準備を始めないとな……！」

「ふふっ、楽しみです」

「ああ……俺もだ……」

　言葉通り、喜びを噛み締めるように抱きしめてくる夜明さん。

「鈴蘭が俺の妻になってくれるなんて、想像するだけで幸せすぎておかしくなりそうだ」

　肩書きが変わって、わたしたちの関係にも変化があるかもしれない。

　でも何かが変わっても、きっと幸せな方向へと進んでいくはず。

　今の夜明さんとなら、支えあって生きていく未来を想像することができた。

「夜明さん」

　名前を呼んで微笑むと、夜明さんも嬉しそうに私を見つめてくれた。

「ん？」

「……愛しています」

　どうしても今、言葉にして伝えたくなった。

　夜明さんが——心のそこから、愛おしい。

「……っ」

　私の言葉に驚いたのか、目を見開いた夜明さん。

　顔を少し赤くした後、夜明さんはもう一度私を抱きしめてくれた。

「俺もだ……」

　耳元で囁かれた声は、嬉しさを噛み締めているように聞こえた。

「愛してる。鈴蘭だけを」

【side story】

白神ルイスの話

【side ルイス】

　黒羽萠生が捕まったことを、ニュースで知った。

　黒闇神のやつ……あれだけ情報を渡した俺に、一言連絡するのが筋だろう……。

　その時は腹が立ったが、後から鈴蘭が危険な状態にあったと聞いて、百歩譲って許してやることにした。

　数日が経ち、反乱軍が捕まって、昼行性内にも平穏が戻った。

　鈴蘭はなんと反乱軍を許す決断をしたらしく、昼行性の平和も約束したとして今や英雄のように持ち上げられている。

　本当に……人が良すぎるやつだ。

　改めて、あんな優しい人間を、一瞬でも疑ってしまった自分が情けない。

　……ダメだ、気が緩んだらすぐに後悔して自己嫌悪に陥ってしまう。

　過去は変えられないのだから、俺は大人しく遠くで鈴蘭を守ると誓ったじゃないか。

　実際、今回は鈴蘭のために……行動することができたと思う。

　黒闇神に情報を渡すのは癪だったが、鈴蘭のためならそ

んなプライドも放り投げることができた。

　それに……。

『ルイスさん、ありがとうございましたっ……』

　電話でやりとりをして、久しぶりに鈴蘭と話すことができた。

　本当に少しだったが……もう金輪際話すこともできないと思っていたから、夢のような時間だった。

　相変わらず、可愛い声だったな……。

　一目でいいから、もう一度会いたい。

　もちろん鈴蘭に会うことは許されていないし、許可がでることはこの先もないだろう。

　所詮、叶わぬ夢だ。

「ルイス様……！」

　生徒会室でほうっとしながらそんなことを考えていると、俺に懐いている後輩が現れた。

　どうしてこんなに懐かれているのか謎でしかないが、いつも俺の後ろをついて回っているやつだ。

　今日も騒がしいな……。

「なんだ」

「これ、極秘ルートで入手しました」

　ん……？

　何やら、一枚の封筒を渡してきたそいつ。

「僕はこの先もずっと、ルイス様を応援しています」

　そう言い残して、後輩は去っていった。

　なんだ……？

　封筒を開けて中を確認すると、入っていたのは少し厚みのある紙。

　写真……？

　……っ、これは……。

　その写真には、鈴蘭が写っていた。

　それも、隠し撮りのような写真ばかり。

　校内の写真なのか、楽しそうに誰かと話している姿や、眠たそうにしている姿など、数枚が入っていた。

　あいつ……な、何を考えているんだ……全く……。

　そういえば、以前うっかり、自分が鈴蘭と婚約者だったということを話してしまった。

　鈴蘭と黒闇神の婚約会見を見た後で傷心していたから、口が滑ったんだ。

　もちろん自慢したわけではなく、俺がしてしまった過ちも一緒に話した。

　あいつは同情したのか、その時も応援するなどと言っていたが……まさかこんな写真を入手してくるとは……。

　というか、どこでこんなものが出回っているんだ……全く……。

　鈴蘭の話はいつもすぐにニュースになるから、夜行性（ノクターナル）にも昼行性（ダイアーナル）にもファンが多くいるのは知っている。

　今はすっかり有名人で、隠し撮りをする輩が出てくるのもおかしくはないが……あ、あんまりよくないだろ、こういうのは。

　写真に写る鈴蘭を、じっと見つめる。

　まあ……感謝しなくも、ない……。

　たまにニュースで見ていたが、鈴蘭は見れば見るほど美しくなっていく。

　ただ……一目惚れしたあの日の鈴蘭が、色褪（あ）せることはなかった。

　今でもあの日のことを、たまに夢に見る。

　運命だと思った。きっとそうだと、今でも思っている。

　いっそ、来世でもいい。

　いつか鈴蘭と結ばれるなら……。

　今度はただしい方法で、俺の手で幸せにしたい。

　なんて寒いことを思った自分に、自嘲（じちょう）の笑みが溢れた。

　幸せそうで……何よりだ。

　これからも、世界中の幸せが、鈴蘭に集まりますように。

冷然雪兎の話

【side 雪兎】
「好きです、付き合ってください……！」
「……無理」

　俺の言葉に、目の前の女は涙を流して一目散に逃げていった。

　ひどい言い方だとはわかっているが、俺的には変に期待を持たせる方が残酷だ。

　それに、そもそも相手の女だって策士だ。優しくしてやる必要はない。

　俺はもともと告白の類の呼び出しには応じないタイプだった。

　ただ……最近の俺には、弱点ができた。

　ひとりの時に声をかけられたら、さっきのように「無理」と言って無視をする。

　でも、鈴蘭がいる時に声をかけられると……断れない。

　鈴蘭は優しいから、話くらい聞いてあげた方が……と思うだろう。

　別に他人にどう思われても構わないが、鈴蘭にだけは別だ。

　優しくない男だと思われたくないし、まるで好きな相手の前でだけかっこつけるようで恥ずかしいけど、こうしてついてきてしまっている。

　……そして、女たちもそれに気づいてか、いつも鈴蘭が
いる時に声をかけてくるようになった。

　今、目の前で泣いているこいつもだ。

　だから、ひどいのはお互い様。

　教室に戻ると、鈴蘭と百虎妹、双葉星蘭が楽しそうに話
していた。

　楽しそう……なのは鈴蘭だけで、百虎妹と双葉妹は睨み
合っているが。

　２年になってから、これが毎日の光景になっている。

　俺と百虎妹と双葉妹は、常に鈴蘭を取り合っていた。

　夜明さんがクラス替えで双葉妹も一緒にするように伝え
たって聞いたけど……正直、余計なことはしないでほし
かった。

　鈴蘭が喜んでいるのはわかるけど、俺と百虎妹にとって
は最悪だ。

　生意気だし鈴蘭の特別面するし、全てが気に入らない。

「あっ、雪兎くん、おかえりなさい！」

　俺に気づいて、鈴蘭が笑顔で迎えてくれた。

　おかえりって……なんか、いいな……。

　そんなことを思いそうになったけど、百虎妹に心を読ま
れたら困るから考えないようにした。

　最近、考えをコントロールする境地に達している気がす
る。

「……げっ、また余計なのが戻ってきた」

「帰ってこなくていいのに……」

　普段はバチバチに言い合っているふたりが珍しく意見を合わせていて舌打ちを返す。

「さっきの子とはどうなったのよ。早く彼女作りなさいよ」

　わかっているくせに、にやにやしながらそんなことを言ってくる双葉妹。

　こいつは名実共に、最悪の悪女だ。

「えっ……や、やっぱり、告白だったんだねっ……！」

「断ったから」

　鈴蘭に誤解されないように、すぐにそう伝えた。

「そ、そうなの？　相手の女の子、すごく可愛かったよね」

　相手の顔なんか知らない、まともに見てないし。

　それに、俺が可愛いと思うのは、この世で……。

「……そういうの興味ないし」

　鈴蘭だけ……なんて、言えるわけない。

　はぁ……今絶対に、百虎妹が気持ち悪そうに俺を見てるはずだ。絶対にそっちは見ない。

「それにしても、あんたのどこがいいのかしら。さっぱりわからないわ」

「黙れ」

　お前にだけは言われたくない。

　でも……最近、確かにやけに告白されることが多い。

　前までは、俺に声をかけてくるやつもいなかったのに、最近は２日に１度は呼び出されている気がする。

　正直、誰に何を言われても、俺の気持ちは変わらないし、

好きになることもないからやめてほしい。

「あんた……最近丸くなったって言われてる……」

　俺の心の声が聞こえたのか、百虎妹がそんなことを言った。

「鈴蘭と一緒にいる時……いつもだらしない顔してるから……」

　なんだそれ……。

「鈴蘭以外への態度は、別に変わってないだろ」

　俺が優しくしてるのは、鈴蘭だけだ。

　それに、俺は根本的に女が嫌いなんだ。

　鈴蘭以外とは関わりたくないし、本当は話すのだって嫌。

　だから、誰も俺に構わないでほしい。

「特別扱いってこと？　どうしてかしら〜？」

　俺を揶揄うように、でかい声でいった双葉妹。

　こいつ……マジでいつか痛い目に遭わせる。

　呼び出される日々が続いていたある日……事件が起こった。

　家庭科の授業が終わって、鈴蘭たちと教室に戻っている時だった。

「ゆ、雪兎様……！」

　またか……。

　声をかけられて振り返ると、そこには顔を真っ赤にしている女子生徒がいた。

「あの……す、少し、お時間いいですかっ……」

ん……？

よく見たらこいつ……この前も声をかけてきたやつだ。

はっきり、無理って断ったはずなのに。

「……しつこい。無理なもんは無理」

鈴蘭の前とはいえ、さすがに何回も対応するほど俺も優しくはない。

「ゆ、雪兎くん……」

……そう思ったけど、何か言いたげに俺を見ている鈴蘭を見て、相手を無碍にできなくなってしまった。

「あーもう、わかった……」

これ以上鈴蘭に情のない男だと思われたくないし、めんどくさい気持ちを抑えて女についていく。

「なんだよ」

中庭でふたりきりになって、俺は要件を聞いた。

「あたし……ずっと雪兎様が好きでした」

「この前も聞いた。それで、無理って言っただろ。俺はお前のことを好きじゃないし、好きになることもない」

「ゆ、雪兎様は、鈴蘭様がお好きなんですよね……！」

……は？

「有名な話ですから……見ていれば、わかります」

有名って……誰だよそんな噂広めてるやつ。

つーか……やっかいだな。

「勘違いだ。あいつと俺はただの友人。変な誤解するな」

夜明さんも俺の好意にはうすうす気づいているみたいだけど、俺を信じて目を瞑ってくれている。

　俺はこれからも友達として鈴蘭のそばにいたいと思っているから、恋愛感情があることが鈴蘭の耳に入ったら困る。

　死ぬほど鈍感だから、今は気づいていないだろうけど、バレたら……今まで通りでいられなくなるかもしれない。

　今のうちに、噂は否定しておかないと。

「女神様は、卑怯な方です」

「……あ？」

　何言ってるんだ、こいつ……。

「黒闇神様がいるのに……雪兎様や、百虎様まで……」

　百虎のことも噂になってるのか？　つーか……。

「……おい、その言葉、取り消せ」

　誰が卑怯だって？

　あいつほど優しい人間はいない。

　女神だからじゃなくて、鈴蘭という存在は、この世でもっとも価値がある。

　本気でそう思っているほど、あいつは奇跡のような存在だ。

「あいつへの侮辱は許さない」

　怒りが込み上げてきて、体から冷気が漏れた。

　俺は能力をうまく制御できないから、無意識のうちに能力を発動させてしまったらしい。

　学内での能力の行使は基本的に禁止されているから、すぐに抑えないと……。

　そう思った時、女が急に叫び出した。

「た、助けて……！！」

　……は？

　大声を出したから、近くにいた生徒たちが何事だと集まってくる。

　……っ、まずい。

　すぐに能力を抑えようとしたけど、焦ったからかますますコントロールが鈍る。

　俺の足先から氷が広がり、周りの木々を凍らせた。

　女を見ると、まるで作戦が成功したように、不敵な笑みを浮かべていた。

「……あたしのこと、ぞんざいに扱うからよ」

　こいつ……わざと俺を怒らせて……。

「ど、どうしたんだ……！」

「助けてください！　ぶつかっただけなのに、この人が急に怒り出して……」

　……また、はめられた。

　俺は何回騙されれば気が済むんだろう。

　鈴蘭と倉庫に閉じ込められた時、小屋に閉じ込められた時……そして今。

　何も学習してないな……。

　自分への呆れからか、すっと力が引いていく。

　魔力は収まったものの、俺は反論する気にもなれず、晒し者になった。

「冷然雪兎だ……」

「もともと気性の荒い人だって有名だよな……」

「最近は女神様と一緒にいるから落ちついてたみたいだけ

ど、やっぱりやばいやつなんだよ……」

「"名家の出来損ない"だもんな」

　こそこそと話す声が聞こえて、拳を握った。

　くそ……。

　どうせ俺が否定したところで、誰も聞く耳を持たないだろう。

「怖かったっ……」

　めそめそ泣いている女に腹が立つけど、それよりも俺は他人への失望のほうが大きい。

　言ったって信じてくれない。

　ずっとそうだった。

「黒闇神様たちのお荷物のくせに……」

「女には態度がでかいのかもな……」

　俺はこれからも、馬鹿にされて、腫れ物扱いされ続けて生きていくんだ。

「雪兎、くん……」

　……鈴蘭？

　振り返ると、顔を真っ青にして俺を見ている鈴蘭がいた。

「一体何が……」

「女神様……！　危険です、近づかないでください……！」

「え？」

　周りにいた別の生徒が鈴蘭に駆け寄って、俺に近づかないように鈴蘭を止めている。

「冷然さんが暴れだしたそうなんです……！」

　嫌だ……。

　誰に失望されてもいい、こんなやつだったのかって軽蔑
されてもいい。でも……鈴蘭にだけは、そんなふうに思わ
れたくない。
『雪兎くんは、かっこいいです……！』
『いつも頼りにしてるよ……！』
　鈴蘭が俺を見る目が変わってしまうかもしれないと思う
と、それだけで泣きたくなった。
　違うんだ、俺は……。
「ご、誤解です……！　雪兎くんは、そんなことで怒った
りしません……！」
　俺が言い訳をするよりも先に、鈴蘭の大きな声が聞こえ
た。
「ましてや、攻撃しようとするなんて……絶対にありえま
せん……！」
　静止するやつらをかき分けて、俺のほうへ走ってきてく
れる鈴蘭。
「大丈夫っ……？　何があったの？」
　鈴蘭……。
「なんで……」
「え？」
「お前、俺のこと信じてくれんの……」
　まだ、何も言ってないのに……。
　俺は世間の評判も良くないし、今みたいに何かするとす
ぐに疑われる。
　危険人物扱いされて、みんな俺から遠ざかっていく。

　少しは俺のことを疑って当然なのに、鈴蘭は一寸の曇り
もない目で……違うと否定してくれる。

　信じてくれる人がいるって……。

「ゆ、雪兎くん……!?　ど、どうしたの!?」

　こんなに、幸せなことなのか……。

　安心してその場に座り込んだ俺を、心配そうに見ている
鈴蘭。

　やばい……マジで、泣きそう。

　もう……これ以上、好きにさせないでくれ。

　お前が好きすぎて、苦しい……。

「……おい、これは何事だ」

　地を這うような低い音が聞こえて、あたりの空気が一変
した。

　騒々しかった周りは緊迫した空気になり、心なしか空の
色さえも漆黒く染まっている気がする。

「黒闇神様……！」

　後ろには竜牙さんと百虎もいて、ふたりを引き連れて歩
いてくる夜明さんを見て少しゾッとした。

　魔王子なんて可愛いものじゃない。この人はもう、恐ろ
しいほどに魔王の風格を宿している。

「彼女が、冷然様に襲われたと……」

「……は、はい……そ、そうです……！」

　夜明さんに、状況を説明しているやつら。

　そいつらの話を聞いた夜明さんは、ゆっくりと俺のほう
を見た。

「……本当か、雪兎」

「あ……」

「違います！」

　え……？

　俺が答えるよりも先に、鈴蘭が声をあげた。

　いつも穏やかな話し方をするのに、今はすこし怒っているように聞こえた。

「雪兎くんはそんなことしません！　わざわざそんなことを聞くなんて、夜明さんは雪兎くんのことを疑っているんですか……？」

　怒りと悲しみに揺れるような鈴蘭の声。

　全力で俺を庇ってくれる鈴蘭を見て、なんだかいろんなことが、どうでもよくなった。

　別に、誰に馬鹿にされても、腫れ物扱いされても、信じてもらえなくても……いいか。

　鈴蘭が俺を信じてくれるなら、もうそれでいい。

　鈴蘭の言葉に、夜明さんはさっきまでの風格はどこへやら、冷や汗を流しながら焦り始めた。

「あ、ああ、わかっている、雪兎の口からちゃんと答えさせようとしただけだ……！　疑っているわけじゃないんだ……！　すまなかった……！」

　鈴蘭の前以外では、人も殺せそうな目をしているのに、鈴蘭の前では許しを乞うように謙っている。

　最強と言われている夜明さんを手名付けている鈴蘭は、ある意味、夜明さん以上の強者なのかもしれない。

「雪兎くん、何があったのか話してくれないかな……？」

　まだ何も説明していないのに、何か理由があると信じきっている鈴蘭。

　疑うことを知らないのか……俺だから信じてくれているのか……。

　きっとその両方だけど、後者も少しあると自惚れてもいいだろうか。

　理由……どうしよう、鈴蘭の前で話したくない。

　俺はそっと鈴蘭に近づいて、聞こえないように小さな耳を塞いだ。

「この女が……鈴蘭を侮辱しました」

　鈴蘭以外に聞こえるようにそういえば、夜明さんの視線が俺から女へと移される。

「……なるほど」

「ち、違います、あたしはっ……」

「話は後で聞く。竜牙、連れていけ」

「はい」

　竜牙さんに連行されて、連れて行かれたその女。

「ゆ、雪兎くん、どうして耳を塞ぐの？　何があったの？」

「お前は知らなくていい」

「わ、私には言えない話……？」

　不安そうに俺を見つめる鈴蘭。

　言えないわけじゃないけど、鈴蘭の耳には入れたくない。

　鈴蘭には……幸せな言葉だけを聞かせたい。

　その綺麗な心を、傷つけたくはないから……鈴蘭の心を

濁す要因はこれからも、俺が排除していく。

「お前、怖い話苦手だろ」

「えっ……ほ、ホラーな話なのっ……？」

　俺の言葉を信じきっているのか、怯えている鈴蘭に思わず笑ってしまった。

　本当に、なんでも信じるんだな……。

「気にしなくていい。……信じてくれて、ありがとう」

　今回ばかりは少し素直になるかと思って、感謝の気持ちを言葉にした。

「そんな当然のことで、お礼を言う必要ないよ。逆の立場でも、雪兎くんは私を信じてくれるでしょう？」

　そんなの、当たり前だ。

　全世界が違うと言っても、鈴蘭がそうだと言うなら、俺は鈴蘭の意見を信じる。

　お前は俺にとって、絶対的な存在なんだ。

　これからもそれは揺るがない。

　俺の……愛しい女神。

司空竜牙の話

「……」

　出席必須の体育の授業を受けながら、ずっと顔を顰めている夜明。

「ほとんど座っているだけなんですから、そんな怖い顔しなくても」

「……だるい」

　今すぐ家に帰りたそうな夜明の様子に、呆れてため息を吐いた。

「まあ、授業に出るようになったことは褒めてあげます」

「お前に褒められても嬉しくもなんともない」

「はいはい。鈴蘭様に夜明を褒めるようにお願いしておきます」

　そういうと、まんざらでもなさそうな顔をした夜明。

　……本当に、間抜けになったな。

「はぁ……私も鈴蘭様に褒めていただきたいですよ。毎日夜明のお守りをしているんですから」

「……お前、最近欲望を隠す気もなくなってるだろ。いい加減にしろ」

　鋭い目で、私を睨んでいる夜明。

　欲望を隠す気も……か。

「……ということは、気づいているんでしょう？」

「あ？」

「私が鈴蘭様をどう思っているのか」

　自分でもあまりに唐突だと思ったが、ずっと聞きたいと思っていた。

　夜明の、本心を。

　私が日に日に鈴蘭様への好意を隠さなくなって……というか、隠せなくなって、夜明にとっても面白くないはずだ。

　自分の従者が、婚約者に思いを寄せているなんて、ドラマのようなどろどろの展開が現実になっている。

「どう思っているんですか？　私を解雇しようとは思わないんですか？」

「……」

　私でなければ逃げ出しているだろうと思うほど、黒いオーラを放っている夜明。

　しかし、その表情には怒りは見えず、諦めのような感情が見えた。

「……信頼している。お前は鈴蘭が悲しむことはしないと」

「それはそうですけど……私だったら、好意を寄せている男が近くにいるだけで、耐えられませんね」

「お前は相当な束縛男になるだろうからな」

「夜明に言われたくありませんけどね」

　愛が重いのは、お互い様なはずだ。

「それに……無理だとわかっていると前にも言っただろ」

　前？

「鈴蘭がそばにいて、惚れないほうが無理だ」

　……そういえば、そんなことを言っていたな。

「魅力的な婚約者を持つと大変ですね」

「苦労よりも、圧倒的に幸せが勝る。それに、鈴蘭に近づくやつは排除すればいいだけだ」

夜明は言葉通り、幸せそうにふっと微笑んだ。

「お前も……もし鈴蘭に何かしたら、容赦しないからな」

「わかっています」

夜明と鈴蘭様の信頼を裏切るつもりはないし、隠せなくなっているとはいえ、絶対にこの想いは伝えない。

ただ……。

「もし夜明がいなくなったら、鈴蘭様をもらいますね」

「……は？」

前々から言ってやろうと思っていた。

「黒闇神家の当主で、魔王ともあれば……命を狙われることも多いでしょう。もしあっけなくやられたら、その後のことは私に任せてください。ちゃんと鈴蘭様を幸せにしますから」

「お前……」

私がそんなことを考えているとは思っていなかったのか、さっき以上に黒いオーラを放っている夜明。

まあ……そんな日が来ないようにと願っているし、夜明に何かあった時は、身を挺してでも守るつもりだ。

「鈴蘭様を私にとられたくなければ、長生きしなさい」

「もし俺が死にそうになったら、お前もろとも道連れにしてやる」

どうしてそっちの思考にいくんだ……。

　呆れたが、冗談だとはわかっているから何も言わないでおいた。

「お前も、死ぬまでは俺に仕えろ。簡単にやられるんじゃないぞ。……今頃新しい従者ができても、信用できない」

　それは……暗に、私のことは信頼していると言っているんだろうか。

　鈴蘭様に対してはいつも鬱陶しいくらい愛情表現をしているが、夜明はもともと不器用な人間だ。

「素直に私以外の従者をつけるつもりはない、お前だけを信頼していると言ったらどうですか」

「そこまでは言ってない」

　全く……可愛くない主人だ。

「わかりました。この命が尽きるまでは、あなたたちふたりを守りますよ。夜明は鈴蘭様のついでです」

「……黙れ」

　また眉間に皺を寄せた夜明に、ふっと笑みが溢れた。

獅堂美虎の話

【side 美虎】

　鈴蘭と出会ってから、あたしの世界は変わった。

　真っ直ぐで、周りの人間を包み込むような優しさを持っている、天使みたいな人。

　初めて家族以外で、あたしのことを受け入れてくれた人。

　鈴蘭が大好きで、ずっと一緒にいたいと思っている。

　でも……。

　──あたしはまだ、鈴蘭に自分の能力のことを話していない。

　それがずっと、気がかりだった。

　いつものように昼ごはんを食べるために、ノワール寮のラウンジに来ていた。

　３年は授業が長引いているのか、お兄ちゃんたちがまだ現れない。

「夜明さんたち、遅いな……」

　冷然が、きょろきょろ周りを気にしながら呟いた。

　それを見た鈴蘭が、ハッとした顔をする。

『あっ……今日は４限目に大学の説明会があるって言っていたような……言っていなかったような……』

　鈴蘭の心の声が聞こえて、あたしもお兄ちゃんに言われていたことを思い出した。

「そういえば……お兄ちゃんも、説明会があるって話して
た」

「え……？」

「どうして、私が考えてることがわかったの？」

　あっ……しまった……。

　後悔しても、時すでに遅し。

　普通に流せばよかったのに、あからさまに図星をつかれ
たみたいな反応をしてしまった。

　鈴蘭も、さすがに不自然に思っただろう。

　こんなことは、前まででも何回かあった。

　その度にごまかして、のらりくらりとかわしてきたけ
ど……。

　そろそろ、ちゃんと鈴蘭に話さないといけない。

　だって……隠しているのは、鈴蘭の心を盗聴しているよ
うなものだ。

　こんなことが続いて、鈴蘭もいい加減気味悪がっている
かもしれないし……隠してそばにいるのは、鈴蘭を裏切っ
ている気がする。

　でも……怖い。

　鈴蘭は……知ったら、どう思うだろう。

　優しい鈴蘭だから、怒ったりはしないはず。

　だけど、ずっと黙っていたことについて、何か思うとこ
ろはあるかもしれない。

　あたしが逆の立場でも……どうしてもっと早くに言って
くれなかったんだって、思うはずだから……。

「美虎ちゃん、大丈夫だよ」

　黙り込んだあたしを見て、鈴蘭が口を開いた。

「話したくないことがあるなら、話さなくてもいいからね」

　鈴蘭はいつもそうだ。

　無理には聞いてこないし、あたしの気持ちを尊重してくれる。

　今だって……。

『美虎ちゃんが聞かれたくないこと聞いちゃった……傷つけちゃったかもしれない……』

　言わないあたしを責めるんじゃなくて、心から心配してくれている。

『親しき中にも礼儀あり、だもん！　な、何か別の話題をふろうっ……！』

　あたしのために必死にいろんなことを考えている鈴蘭に、愛おしい気持ちが込み上げる。

　やっぱり……こんな優しい鈴蘭に、これ以上隠し事をするのはダメだ。

　ちゃんと……本当のことを話したい。

「鈴蘭……あ、あのね……」

「お前……」

　冷然が、焦った表情であたしを見ている。

『言うのか……？』

　こいつのことを無視して、あたしは鈴蘭だけを見た。

「あたしの、能力について……話してもいいかなっ……」

　鈴蘭は驚いたように目を見開きながら、困惑している。

『美虎ちゃん、無理してないかな……？』

　またあたしの心配をしてくれている優しい鈴蘭に、決意は固まった。

「鈴蘭に、聞いてほしいっ……！」

　そう伝えると、鈴蘭は笑顔で頷いてくれた。

「うん、もちろん」

　心臓、バクバクいってる。

　怖い……でも、話すんだ。

「あたしの、能力は……」

「……」

「読心、なの……」

「どくしん？」

　あたしを見て、鈴蘭が首をかしげた。

「近くにいる人の心の声を、聞くことができるの」

「えっ……」

　鈴蘭の綺麗な瞳が、大きく見開いている。

　どうしよう……やっぱり怖い……。

　鈴蘭の顔、見れない……。

　耳を塞いでも、心の声は聞こえてしまうから……覚悟して、ぎゅっと目を瞑った。

「ってことは……私の心の声も、ずっと聞こえてた……？」

　恐る恐る目を開けると、鈴蘭は顔を真っ赤にしてあたしを見ていた。

「は、恥ずかしいっ……」

　え……？

「わ、私、今日の晩御飯のこととか、変なことばっかり考えてたよね……ど、どうしよう、美虎ちゃんにバレてたなんてっ……」

　心の声が聞こえない。つまり、考えていることをそのまま口に出しているってことだ。

　鈴蘭は怯えるでも、気持ち悪がるでもなく、ただただ恥ずかしがっている。

「……怒らないの？」

「怒るわけないよっ……！　話してくれて、ありがとう」

　心の声に耳を澄ましても、やっぱり何も聞こえない。

「美虎ちゃんが自分から話してくれるの、ほんとはずっと待ってたの。だから、すごく嬉しいっ……」

　なんで……。

「鈴蘭……」

　少しくらい、怒ってもいいのに……。

　どうしてずっと隠れて聞いてたのって、あたしでも怒ってしまうと思うのに。

　そんな優しく、微笑んでくれるの……。

　安心したのか、嬉しいのか、あたしの目からはぼろぼろと涙が溢れ出した。

「ごめんなさい……ほんとは、もっと早くに言おうって思ってたけど……」

　考えれば考えるほど、言えなくなって……こんなにも月日が経ってしまったんだ。

「鈴蘭のことが大好きになればなるほど、言うのが怖くなっ

て……鈴蘭が怒ったり、他の人みたいに気持ち悪がったり
するわけないってわかってたけど、でも……何かが変わっ
てしまうみたいで、怖かった……」

　言い訳でしかないけど、本当にごめんなさいっ……。

　それと……。

　受け入れてくれて、ありがとうっ……。

「あたしはほんとに臆病で、性格もひねくれてて……こん
なやつだけど、これからも仲良くしてほしい……」

　鈴蘭なら、なんだかんだ言いながら許してくれると信じ
てはいたけど、こんなすんなりと受け入れてもらえるとは
思っていなかった。

　やっぱり鈴蘭は……いつもあたしの想像の上をいく。

「鈴蘭と……ずっと一緒に、いたいっ……」

「私もだよ……！」

　泣いているあたしを、ぎゅっと抱きしめてくれた鈴蘭。

「美虎ちゃんは相手を思いやれるとっても優しい子だよ。
私は美虎ちゃんが大好きで、それはこれからもずっと変わ
らない。美虎ちゃんとずっと一緒にいれたらいいなって、
いつも思ってるよ」

「鈴蘭……」

「だから、泣かないでっ……！」

　よしよしと頭を撫でてくれる鈴蘭を見て、もっと早くい
えばよかったと後悔した。

　話して……よかった。

「愛してる……」

「ふふっ、私もっ……」

　本当に、心から……鈴蘭が好き。

「おい、いい加減離れろ」

　羨ましいのか、あたしを睨んでいる冷然。

「友情の邪魔、しないで……」

「お前からは友情以上のなんかを感じるんだよ！」

「わかってるなら尚更邪魔しないで……」

「認めんな！　離れろ！」

　うるさい……消えてほしい……。

　冷然は気にせず、あたしは鈴蘭にしがみつくように抱きついた。

『ふふっ、美虎ちゃん可愛い』

　優しい心の声が心地よくて、そっと目を瞑る。

「あたし……鈴蘭の1番を目指して頑張るから……」

　これからもずっと、そばにいてね……。

　黒闇神夜明よりも、好きになってもらえるように頑張るから……。

双葉星蘭の話

【side 星蘭】

2年になって、鈴蘭と同じクラスになった。

多分、鈴蘭が黒闇神夜明に頼んでくれたんじゃないかと思っているけど、鈴蘭と同じクラスになれて嬉しかった。

あたしは過去のこともあるから、ノワールでも若干腫れ物扱いされていて、ブランよりは遥かにマシだけど、居心地が悪かったから。

鈴蘭といると変な視線を向けられることもないし、快適に過ごせる……っていうのもあるけど、純粋に、一緒に過ごす時間が増えて嬉しかった。

鈴蘭とのわだかまりが解けてから、あたしは鈴蘭をお姉ちゃんとして慕っていたから。

あたしが過去にしたことはなくならないし、今でも、こんなあたしがそばにいていいのかって思う時もあるけど、それでも、鈴蘭がそばにいることを許してくれるなら、ずっと一緒にいたい。

これからは妹として、鈴蘭が何かあった時の盾になれたらとも思ってる。

償いなんて綺麗なものじゃないし、ただの自己満足だけど……ひどいことをしたあたしを許してくれた鈴蘭のために、何かしたいと常に思っていた。

獅堂美虎と冷然は邪魔だけど、鈴蘭と同じクラスで、毎

日楽しく過ごしている。

　そんなあたしの前に……あの忌々しい時期がやってきた。

「それじゃあ、今から勉強会を始めます！」

　放課後。ほとんどのクラスメイトがいなくなった教室で、鈴蘭がきりりと目を光らせた。

　２週間後に迫ったテスト期間……ほんと、テストなんてなくなればいいのに……。

　今は、いつも赤点ギリギリのあたしと獅堂美虎に鈴蘭が勉強を教えてくれることになり、こうして教室に残っている。

　そしてなぜだか、高みの見物をするようにえらそうな態度の冷然もいた。

「……鈴蘭、こいつはいらないでしょ」

「俺は監視だ。お前たちが鈴蘭にへんなことしないようにな」

「しない……あんたこそ、いつも変なこと考え……」

「か、考えてねーよ！　でたらめ言うな！」

　顔を真っ赤にして否定している冷然。

　ほんとこのふたり、常に騒がしいわね……。

「ゆ、雪兎くんも、ふたりを心配して居てくれるんだよ！頭がいいからとっても頼りになるよ！」

　鈴蘭の言葉に、冷然はまんざらでもなさそうな顔をしていた。

　頼りになると言われて、喜びを隠せないらしい。

　きも……。

「それじゃあ、早速始めよう！　まずは、この前の小テストを見せてもらってもいいかな？」

　鈴蘭に言われるがまま、テスト前に行われる全教科分の小テストを出した。

「なんだこの点数。お前ら、何をしてればこんな点がとれるんだ？」

　小テストを覗き込んだ冷然が、あたしと獅堂美虎を見て鼻で笑う。

　コロス……。

「……コロス……」

　めずらしくあたしの心の声と獅堂美虎の声が重なった。

「ふ、ふたりとも落ち着いて……！」

　騒がしくて、前途多難な勉強会が幕を開けた。

　鈴蘭が小テストをもとに苦手を見つけて教えてくれて、獅堂美虎のほうは着々と問題を解いていった。

　一方あたしは、一度教えてもらっても理解できず、何度も同じ質問を繰り返していた。

「鈴蘭、ここだけど……」

「お前、さっきも聞いてただろ。いい加減学習しろよ」

　こいつ、一生うるさいわね……。

　あたしだって、理解できるならしてるわよ。

　獅堂美虎は、去年から鈴蘭に教えてもらってたって聞い

た。

　でもあたしは、去年までの範囲も理解してないし、勉強はほぼ投げ捨ててたようなもんだから……基礎もわかってない。

「……どうせあたしはバカよ」

　不貞腐れた子供みたいにそっぽを向いた。

「違うよ。星蘭は苦手意識があるだけだよ」

　あたしを庇うように、鈴蘭がそう言った。

「小学校の時に、先生に怒られたのが怖かったんだよね」

「え？」

　先生に怒られた……？

　あっ、そう言えば……。

　小学校２年生の時だ。

　みんなの前で九九の発表をする時に、私だけ上手にできなくて、クラスメイトみんなの前で説教されたことがある。

　もちろんその教師のことはお父さんにチクってやめさせたけど、あの時……すごく恥ずかしくて、惨めで、勉強なんてなくなればいいって思ったんだ。

　それから、勉強が苦手になった。特に算数は大っ嫌いで、その延長で数学もあたしにとって一番嫌いな科目だ。

「子供の頃にあんなことを言われたら、苦手になって当然だよ」

　あたしの顔を覗き込んで、心配している鈴蘭。

　……あの日のことなんて、忘れてたのに。

　そうだ……こいつは……。

　いつだって、あたし以上にあたしの気持ちを大事にして
くれた。

　あたしでさえ忘れていたことを覚えてるなんて……。

　そういえば、あの日、ずっと落ち込んでたあたしを馬鹿
みたいに励ましてたっけ……。

『星蘭は一生懸命頑張ったよ……！　覚えようと努力して
たこと、私は知ってるからね』

『先生の言葉なんて、気にしないで』

　思い出すだけで、笑えてきた。

「だけど、星蘭は理解力があるし、飲み込みが早いから、
頑張ればすぐに習得できるよ！」

　ガッツポーズをしながら、あたしを鼓舞する鈴蘭。

　鈴蘭は、あたしとはまた別の意味で馬鹿だと思う。

　こんなどうしようもない妹を、大事にするなんて……。

「そうね。あたしはやればできる子だから、雪男なんて簡
単にぬかせるわ」

　初めて勉強に対してやる気が込み上げてきて、大口を叩
いてやった。

　いつまでもこいつに馬鹿呼ばわりされるのは腹が立つ
し、いつか絶対に黙らせてやるわ。

「てめぇ……」

「いつかあたしがあんたに勝ったら土下座しなさいよ」

「ああ、やってやる。そんな日が来るわけないからな」

　ふんっ、言ってなさい。

「星蘭がやる気に……！」

　あたしを見て、目をきらきらさせている鈴蘭。

　仕方ないから……ちょっと頑張ってあげる。

　その代わり、ちゃんとあたしの指導はしてよね。

　あたしはお姉ちゃんの、唯一無二の可愛い可愛い妹なん
だから。

獅堂百虎の話

【side 百虎】

　1ヶ月前、3年に進級した。

　からと言って特に何か変わるわけでもなく、いつも通りの日々を送っている。

「百虎さん、お疲れ様です！」

　お昼休みになってラウンジに行くと、笑顔の鈴ちゃんに迎えられた。

　はぁ……今日も可愛い。癒しだ。

　俺の日常は何も変わらないけど、鈴ちゃんへの想いだけは、日に日に増している気がする。

　いい加減……少しは薄れてほしいんだけど。

　毎日こんなに可愛い笑顔を向けられて、夜明けのために一生懸命成長している健気な鈴ちゃんを見ていたら、どうしたって惹かれてしまうのを止められない。

　とにかく可愛い鈴ちゃんに、いつかこの気持ちを口にしてしまいそうで怖かった。

　前も一回やらかしたと言うか……花の媚薬にやられたとはいえ、噛みついてしまったし……。

　またあんなことがないように注意しつつ、たまに鈴ちゃんが可愛すぎてうっかり口走ってしまいそうな時は度々あった。

　この気持ちをどうするべきか、今もずっと悩んでいる。

　もう心しているだろうけど、夜明に変に疑われても困る
し……カモフラージュで、婚約者とか作ったほうがいいの
かな……。

　お互い利害関係だけで結婚したり……そういう未来もあ
るのかも。

　俺は獅堂家の跡取りだから、のちのち婚約者を作って結
婚しなきゃいけない。現に今も、婚約の話はいくつもきて
いる状況だ。

　ただ、俺がどうしても鈴ちゃんのことしか考えられなく
て、どれも断っている。

　夜明から鈴ちゃんを奪おうとも、奪えるとも思っていな
いし……俺もそろそろ婚約について考えないといけないよ
な……。

　時代錯誤とはいえ、避けては通れないしな……。

　昼休みが終わって、ひとりになりたい気分だったから、
裏庭に移動した。

　夜明も、俺に婚約者ができたら安心するかな……。

　はぁ……婚約とか、考えたくない。

「あ、あのっ……」

　ため息をついた時、離れたところから声がした。

　さっきから気配は感じていたけど、俺に用がある子だっ
たのか……。

　顔を上げると、そこには顔を赤くした女子生徒がいた。

　こういうことはよくある。

　昔は呼び出されたらちゃんと対応していたし、美虎のこ

ともあったからしょっちゅう女の子と遊んでいた。

でも、美虎に鈴ちゃんって言う友達ができて、女の子から陰口を言われることもなくなったと聞いたから、もう俺が何かする必要はないだろうと、最近は他の女の子とは一切関わっていなかった。

連絡はおろか、告白だとわかる呼び出しにも応じないようにしていたんだ。

「どうしたの？」

流石に目の前で声をかけられて無碍にもできないし、告白されてもないのに断るのは自意識過剰か。

笑顔で対応すると、彼女はさらに顔を真っ赤にして俺を見た。

あ……この子、知ってる。

確か、一度婚約を申し込んできた、名家のご令嬢だ。

夜行性（ノクターナル）の中でも地位のある由緒正しい一族で、両親も彼女との婚約を喜んで進めてきた。

……けど、鈴ちゃん以上に好きになれると思えなくて、会いもせずに断った。

「あ、あたし……篠崎っていいます」

親が決めた婚約だと思っていたけど……もしかしたら、彼女が頼み込んだのかな。

「うん、知ってるよ」

彼女の家なら、獅堂家にとっても利益がある婚約になるし、ちょうどいい相手を見つけるなら……俺もそろそろ婚約者を作った方がいいのかもしれない。

　いつまでも、鈴ちゃんが好きだからって理由で婚約から逃げるわけにもいかないし……それに、婚約者がいたら、鈴ちゃんの思いもバレる事はないだろう。

　他に好きな子がいるのに、婚約者を作るなんて……彼女には申し訳ないけど、お互い利害の一致ってことで、婚約関係を結ぶのも悪くないのかな。

「お友達からでもいいです……あたしと、付き合っていただけませんかっ……」

　真っ赤な顔で彼女が言ったのと同時に、人の気配を感じた。

　──俺がその人の気配を、間違えるはずがない。

　すぐにそっちを見ると、隠れていた彼女と視線がぶつかった。

「あっ……」

　……っ、鈴ちゃん。

「お、お邪魔してごめんなさい……！」

　鈴ちゃんは申し訳なさそうな顔をして、その場から走っていった。

　見られた……勘違い、されたかも。

　いや、勘違いってなんだ。

　いいじゃないか、俺が婚約者を作ったら、鈴ちゃんも祝福してくれるはずだ。

　夜明も今は俺のことを警戒しているけど、婚約者を作れば少しは警戒も解いてくれるだろう。

　いろんなメリットが脳裏をよぎったけど、どうしても耐

えられなかった。

「……ごめん。君とは付き合えない」

　やっぱり、無理だ。

　かりそめだとしても、他の女の子と婚約関係になるなんて、考えられない。

　俺は鈴ちゃんが好きだ。

　それに、鈴ちゃんが好きな自分が好きになった。

　この気持ちだけは……誰にも変えられない。

「鈴ちゃん、待って……！」

　急いで鈴ちゃんを追いかける。すぐに背中が見えて、引き留めるようにその手を掴んだ。

「違うんだ……！　今の子とは、何もないから……！」

「えっ……で、でも、告白……」

「告白されたけど、ちゃんと断った。俺は誰とも付き合わないし、本当に違うから」

　俺が好きなのは——鈴ちゃんだけなんだ。

　この気持ちは知らなくていい、わかってもらわなくていい……だから俺が他の子を好きなんて、誤解だけはしてほしくない。

「え、えっと……」

　俺の発言に困惑している鈴ちゃんを見て、ハッと我にかえった。

「ご、ごめん、こんなこと言われてもって感じだよね」

　急に追いかけてきてこんな言い訳されても、困るだろ。

　ていうか、俺必死すぎ……ださ……。

「……わ、忘れて」

　鈴ちゃんから手を話して、恥ずかしさを隠すように髪を
かいた。

「どうして付き合わないんですか？」

「え……」

　どうしてって……。

「好きな子が、いるんだ」

　なんて言い訳しようと悩んだ俺の口から出たのは、本当
の理由だった。

　何を言ってるんだろう……いくらなんでも、焦りすぎだ。

「そうなんですね……！」

　鈴ちゃんは驚いているけど、どこか嬉しそうに見える。

　鈴ちゃんはきっと、俺が誰と結ばれても、祝福してくれ
るだろうな。

　それがわかって……胸が激しく痛んだ。

「でも、その子には婚約者がいる」

　だから……さっきから、何を言ってるんだ……。

　このまま告白でもするつもりか……？

　いや、俺は絶対に口にはしない。

　この気持ちは、生涯隠し通して見せる。

　いつか気持ちが消える日がきたら……昔話にするかもし
れないけど。

　そんな日が来るとは、今の俺には到底思えない。

「そうなんですね……」

「……軽蔑する？」

　婚約者がいるってわかっているのに、その人を諦められない俺のこと。

　やめた方がいいって言うかな。

「そんなことありません……！　百虎さんには、百虎さんの気持ちを一番に優先してほしいです」

　今まで、ずっと夜明と鈴ちゃんに罪悪感を持っていた。

　俺の気持ちはふたりへの裏切りなんじゃないかって思っていたのに……。

　鈴ちゃんの言葉に、全部が許された気がしたんだ。

「じゃあ俺、一生諦めない」

　何を開き直ってるんだろうと、自分でも笑えてくる。

　でも、鈴ちゃんの言葉に、思い続けることを許してもらえた気分になったから。

「い、一生っ……そんなに大切な相手なんですね」

　その相手が自分だなんて思ってもいないだろう鈴ちゃんは、きらきらと目を輝かせている。

「うん。本当に大好き」

　やっぱり……カモフラージュで婚約者を作るなんてよくない。

　跡取りとか、血縁を守り続けるとか……時代錯誤だし、いっそ俺の代でそんなルールは消滅させてしまおう。

　俺はただ、この気持ちを大切に育てていく。

「頑張ってください！」

　鈴ちゃんの笑顔を見て、抱きしめたい衝動を必死に抑えた。

エピローグ

「夜明さん、おめでとうございます」

　制服を着た夜明さんを、見納めるようにじっと見つめる。

「ありがとう。学校は嫌いだったが……鈴蘭との学園生活が終わると思うと名残惜しいな」

　そう言って、私を抱きしめた夜明さん。

「あ、あの、周りの人が見てますっ……！」

「牽制だ。俺が卒業した後のためにな」

　今日は、夜明さんの卒業式。

「それよりも、俺は明日が楽しみだ。この日をどれだけ待ち侘びたか……」

　待ちきれない様子で、笑顔を浮かべている夜明さん。

　そう、明日は——私たちの、結婚式が行われる日だ。

　当初約束していた通り、結婚式は夜明さんの卒業と同時に行われることになった。

　さすがに同じ日は厳しいから、翌日になったけれど……私もこの日を、ずっと楽しみにしていた。

　夜明さんは都内の大学に通うことが決まっていて、私も引き続き聖リシェス学園に通う。

　お互い学生だから、普通の結婚生活とはまた異なったものになるだろうけど……結婚と同時に、私は正式に夜明さんの奥さんになるんだ。

　肩書きが変わるだけとはいえ、さらに深い関係になれたような気がして、喜びを感じていた。

　翌日。朝早くから式場に入り、正装の準備をしていた。
「まあ……！　とっても似合ってるわ鈴蘭ちゃん……！」
　ドレスを着た私を、お母さんが手を叩いて褒めてくれた。
「夜明もそわそわして待っているでしょうから、早く見せ
てあげてっ」
「は、はい」
「それじゃあ、呼んでくるわね！」
　試着の時に夜明さんにも見てもらったけど、今はお化粧
もしているし、なんだか恥ずかしい。
　ドキドキしながら待っていると、控室の向こうから夜明
さんが現れた。
「……っ」
　私を見て、固まっている夜明さん。
「鈴蘭……」
「あ、あの……どうで、しょうか……」
　少し足元をふらつかせながら、夜明さんがゆっくりと歩
み寄ってくる。
　目の前で立ち止まって、まじまじと私を見た後、抱きし
めてきた。
「可愛すぎて……倒れそうだ……」
　た、倒れっ……！
「ちょっと夜明！　ドレスが崩れるでしょう！　抱きしめ
たい気持ちはわかるけど、式が終わるまで我慢しなさい！」
「無理だ……もう誰にも見せたくない……」
　一層強く抱きしめてきた夜明さんに、幸せを感じて自然

と笑みが溢れた。

　バージンロードは、夜明さんと歩く手筈になっている。
　私のお母さんとお父さんとは連絡がとれない状態で、結婚式にも招待はできなかった。
　もちろん、ふたりは私のことを嫌っているだろうから、無理にきてほしいと思っていないし、今は実の両親がいないことを悲しく思っていない。
　私には、もうひとりのお父さんとお母さんがいてくれるから。
　それに……今日は大好きなみんなもきてくれている。
　美虎ちゃん、雪兎くん、百虎さん、竜牙さん……ラフさん、右藤さん、左藤さん、黒須さん……そして、星蘭。
　みんなが見守る中、夜明さんとバージンロードを歩いた。
「病める時も、健やかなる時も、悲しみの時も、喜びの時も、貧しい時も、富める時も……愛し、助け、慰め、敬い、その命ある限り心を尽くすことを誓いますか？」
「はい、誓います」
　深く頷いて夜明さんを見ると、優しく微笑み返してくれた。
　夜明さんと出会ってから……本当にいろんなことがあった。
　フードさんとして仲良くなって、ひとりぼっちの私に優しく接してくれた。
　真っ直ぐな愛情を教えてくれた。

　婚約者になって、夜明さんは誰よりも私を大事にしてくれた。

　そして、今日から私たちの関係は……。

「それでは、誓いのキスを」

　婚約者から、夫婦に変わる。

　そっとベールを持った夜明さんが、愛おしそうに私を見つめている。

「愛してる」

「……はい、私も愛しています」

　さっきの誓いの時のように、どんな時も……。

「俺の全てを賭けて誓う。幸せにすると」

　永遠に、あなたと共に──。

　そっと目を閉じると、誓いのキスが降ってきた。

　シンデレラと魔王子さまの物語は、まだ始まったばかり──。

【END】

【after story】

結婚生活

　夜明さんと結婚して、もうすぐ6年目の記念日を迎える。

　結婚すると、どうしても関係に変化が生まれてしまうと書籍やテレビの情報を得ていたから、不安も少しあったけど……夜明さんは何も変わらず、それどころか前以上に優しく、甘くなった。

　高校在学中に結婚式を挙げて、今ではもう黒闇神家の次期当主として働いている夜明さん。来年には政界にも進出する予定だ。

　私も去年大学を卒業して、今は夜明さんの秘書として働いている。

　秘書と言っても、毎日走り回っている夜明さんとは違い、私は主に事務や仕事の整理をしていた。

　夜明さんは、卒業したら家で過ごしてくれていいと言ってくれたけど、私も働きたいという気持ちを伝えたら、家業の仕事を与えてくれたんだ。

　少しでも夜明さんの負担を減らせるように、誇りを持って働いていた。

　難しいことや、時には失敗もあるけど、毎日やりがいを感じながら過ごしている。

「鈴蘭、行ってくる」

「はい、いってらっしゃい」

　家を出ていく夜明さんを見送ると、行ってきますのキス

をされた。

　結婚してから、毎日の習慣。

　それと、おかえりのキスと、おやすみとおはようのキスと……夜明さんはたくさんルールを作った。

　毎日してるから、恥ずかしさはそこまで感じない……わけもなく、いつまでも慣れない私は夜明さんが出ていった後、ひとりで顔の熱を冷ましていた。

　こういうのって、いつになったらなれるのかな……あはは……。

　いつまで経っても、なれる気がしない。

　夜明さんといるといつだってドキドキして、毎日がときめきの連続だ。

　私も自分の職務室に行こうとした時、ふらりと目眩がした。

　あれ……。

　足元がふらついて、その場に倒れてしまう。

「鈴蘭様……!?」

　近くにいた左藤と右藤さんが、慌てて駆けつけてきてくれた。

「ご、ごめんなさいっ……少しふらついてしまっただけで、平気です！」

「さようでございますか……？　ですが、最近体調がすぐれないようにお見受けします」

　言われてみれば、確かに……。

　ここ最近、頻繁に今のようなふらつきや、気分が悪くな

ることがあった。

　酔いや吐き気のような感覚がして、少しの間動けなくなる。

　貧血かな……？

　仕事はそれほど忙しくはないから、私が体調管理ができていないだけだ。

　もう少し運動も増やして、体調を整えよう。

　必要な書類を取りに行くため、城内を歩いていた時だった。

「結婚生活は順調ですか？」

　あれ……黒須さんの声？

　声がしたほうに行くと、中庭で夜明さんと黒須さんが話しているのが見えた。

　夜明さん、戻ってきていたんだっ……。

「みんな、坊ちゃんの子供に会える日を楽しみにしていますよ」

　……っ、え？

　声をかけようとしたけど、黒須さんの言葉に咄嗟に隠れてしまった。

　こ、子どもっ……!?

　もちろん、考えていなかったわけではないし、夜明さんとは昨日も、その……。

　で、でも、夜明さんがどう思っているのかは聞いていなかったから、返事が気になった。

「やめてくれ。……鈴蘭にも、余計なことは言うなよ」

　少しだけ鬱陶しそうな口調に聞こえて、不安がよぎる。

「それに、俺は子供は嫌いなんだ。いなくても構わない」

　えっ……。

　まさかの発言に、ショックを受けている自分がいた。

　そう、だったんだ……。

「まあ、なんてことを言うんです！」

　夜明さん……子供、嫌いなんだ……。

　知らなかった……。

　それじゃあ、この先も子供はいなくてもいいと、思っているかな……？

　私はいつかは夜明さんとの子どもが欲しいと思っていたし、黒闇神家の人もそれを望んでくださっていると思っていたけど……夜明さんが望んでいないなら、考えるのはやめよう。

　親に望まれずに生まれた子は……きっと幸せにはなれないと思う。

『あんたなんて産まなきゃよかった……！』

　久しぶりに、お母さんのことを思い出してしまった。

　両親に自分を否定されるのは、きっとこの世で最も辛いことだ。

　それがわかるからこそ、絶対に子供は望まないでおこうという気持ちが強くなった。

　私は、夜明さんとふたりでも……。

「うっ……」

急に吐き気がして、その場にしゃがみ込んだ。

まただ……気持ち、悪い……。

いくら運動不足とはいえ、こんなに頻繁に貧血のような……いや、これは、まさか……。

ひとつだけ、思い当たることがあった。

そんなわけ……ないよね。

……っ、そうだ、小島さんに診てもらおう……！

小島さんとは、黒闇神家のかかりつけのお医者様だ。

病院に行くと、たまに見当違いなことを記事に書かれてしまうことがあるから、基本的には訪問診療をお願いしている。

そうじゃないという確信がほしくて、私は急いで小島さんに連絡をした。

夜明さんや他の人に知られないように、皆さんが不在の時間帯に小島さんを呼んだ。

検査をした後、小島さんは私を見て満面の笑顔を浮かべた。

「おめでとうございます……！」

え……？

「ご懐妊されていますよ！」

「……っ」

最悪の予感が、現実になってしまった……。

どうし、よう……。

『それに、俺は子供は嫌いなんだ。いなくてもかまわない』

　夜明さんの言葉が、脳裏をよぎる。

「待ちに待った第一子ですね……！　すぐに夜明様にも連絡を……！」

「ま、待ってくださいっ……」

　つい大きな声を出してしまった。

　夜明さんには……まだ、言いたくない。

　心の、準備が……。

「他の人には……黙っていて、もらえませんか」

「……え？」

「わ、私から、伝えさせてください……だから今はまだ……」

　なんとか小島さんを口止めして、その日は帰ってもらった。

　どうしよう……。

　悲しくて、涙が溢れてしまう。

　子供の存在がわかって、とても嬉しいのに……本当は、喜びたかったのに……。

　ごめんね……。

　そっと優しく、お腹を撫でる。

　「どうしよう」なんて言葉が真っ先に出るなんて、最低だ。

　この子だって、母親にそんなふうに思われていると知ったら、ひどく悲しむだろう。

　夜明さん……子どもができたって言ったら、なんて言うかな……。

　もし、ショックを受けた顔をされたら……。

　そう思うだけで、この子に申し訳なくて仕方がなかった。

離婚の危機？

【side 夜明】

「鈴蘭、ただいま」

　仕事を終えて、鈴蘭が待つ家に帰る。

　結婚して早６年。鈴蘭との結婚生活は、まさに夢のようだった。

　もともと寮で一緒に生活していたとはいえ、ふたりきりの家というのは最高だ。

　それに、学校では一緒に帰っていたが、鈴蘭が俺を待ってくれているという状況にも幸せを噛み締めていた。

　仕事のせいで多忙な日々を送っているが、鈴蘭が待っていると思うと頑張ることができた。

　帰ったら誰にも邪魔をされず、鈴蘭との時間が待っている。

　鈴蘭との結婚生活はまさに、幸せを凝縮したような毎日だった。

　ただ……。

「おかえりなさい、夜明さん」

　最近……鈴蘭の様子が、おかしい。

　ぎこちない笑顔を浮かべて、そっと近づいてきた鈴蘭。

　いつもなら、嬉しそうに満面の笑顔で駆け寄ってきてくれるのに……。

　何かあったのか……？

　仕事で疲れているのか……心配だ。

「鈴蘭、どうした？」

「……っ、え？」

「何か、暗い顔をしていないか？　様子が変だ」

　俺の言葉に、鈴蘭はブンブンと首を横に振った。

「い、いえ、何もありません……！　いつも通りです！」

　そんなふうには、見えないが……。

　何か悩みがあるなら言って欲しいが、無理に聞くのも良くないのかもしれない。

「困っていることがあるなら、なんでも言ってくれ」

　そう言って頭を撫でると、一瞬鈴蘭が泣きそうな顔をした気がした。

「はいっ……ありがとうございます！」

　すぐに笑顔になった鈴蘭。気になるが……しつこいと思われたくはない。鈴蘭が言ってくれるまで、待つか……。

　その日の夜。

　ベッドに入って、後ろから鈴蘭を抱きしめた。

「鈴蘭」

　キスをして、いつものように肌に触れようとした時だった。

「……っ、ご、ごめんなさい、今日は少し……疲れていて……」

　初めて鈴蘭に拒まれたことに、内心ショックを受けてしまった。

「そ、そうだったのか。悪かった。今日は、早く寝よう」

　鈴蘭が気負わないように、優しく頭を撫でて後頭部にキスをする。

「やはり、仕事が辛いか？」

「い、いえ……！　仕事はとても楽しくて、毎日やりがいを感じています」

「そうか……」

　なら……。

　様子がおかしいことと、関係しているのか……？

　鈴蘭が何を考えているのかわからず、不安は募る一方だった。

　そして、次の日も、その次の日も、鈴蘭は俺を避けるように先に眠っていた。

　疲れているなら無理はさせたくないし、寝顔を見ているだけで幸せだが……やはり、おかしい。

　まさか……俺が、何かしたか？

　鈴蘭に……愛想をつかされた？

　頭をフル回転させて、最近の自分の行動を振り返る。

　いや……何もおかしい事はなかったはずだ。

　少し、キスをしすぎたとか、そういうことか……？

　焦りは最高潮に達し、心臓が嫌な音を立て始めた。

　このままでは……まずい。

『夜明さん……離婚、してください』

　最悪の想定が脳裏をよぎって、喉がヒュッとなる。

　無理だ……考えるだけで恐ろしい。

　今更鈴蘭を失うなんて、処刑宣告を受けたも同然。

　絶対に、何があっても……離婚だけは回避しなくてはいけない。

　離れていかないでくれと願うように、眠っている鈴蘭を抱きしめた。

魔王さま、ご執心。

　あれから、ずっと夜明さんを避けてしまっていた。

　罪悪感があるのか、目が合わせられずにいる。

　夜明さんも私の様子がおかしいことに薄々気付いているようで、頻繁に「何かあったのか？」と聞いてくれるようになった。

　話さなきゃいけない……。

　でも、夜明さんに否定されるのが、怖い……。

　結局言えないまま、不自然に夜明さんを避けてしまう状態だけが続いていた。

　誰にも相談できなくて、ただ不安でどうしようもない。

　そんな日々が1週間続いて、ついに痺れを切らした夜明さんが、帰宅後に私の腕を掴んできた。

「鈴蘭、実は……話したいことがあるんだ」

　様子がおかしいことについて、聞かれるに違いない。

　まだ……話す心の準備ができていないのに……。

　だけど、ずっと避け続けるわけにもいかない。

　私もいい加減……覚悟を決めなきゃ。

「実は……私も……」

「え？」

「話したいことがあったんです。その……とても大事な話です」

　私の言葉に、夜明さんは表情をこわばらせた。

「大事な……話……」

「夜明さん？」

「い、いや、わかった、話をしよう。ただ……俺から話してもいいか？」

　きっと夜明さんの話は、私の挙動についてだと思うから、私から話したほうがいいと思っていたけど……もしかしたら違うかもしれないし、断る理由はなかった。

「はい、もちろんです」

「ありがとう」

　夜明さんは一度深く息を吸ってから、真剣な表情をした。

「単刀直入に言う」

　訴えるような瞳で、私を見た夜明さん。

「離婚だけは、したくない」

「……え？」

　り、離婚……？

　どうしてそんな、話が飛んでっ……。

「最近、鈴蘭の様子がおかしいことには気付いていた。俺が何かしてしまったなら、誠心誠意謝る」

　もしかして、私の様子がおかしいから、私が夜明さんに対して不満があって、離婚を考えてる……っていう結論になったのかな？

「悪いところがあるなら全部治す」

　不安そうに私を見つめる夜明さんが、あの時の姿に重なった。

　距離を置きたいと言った時、夜明さんは同じことを言っ

てくれた。

　そして、言葉通り変わってくれて、私のお願いはいつだって全部きいてくれた。

「夜明さんは……ずっと変わりませんね」

　もう出会って8年近く。短いようで、長い月日が経ったと思うのに、ずっと色褪せない愛情を持って接してくれる。

　子どもができたと聞いた時、すごく嬉しかった。

　他でもない、夜明さんとの子どもだったから。

「変わる。鈴蘭が嫌だと言うなら、俺は……」

　私の言葉を悪い意味だと思ったのか、焦った表情になった夜明さん。

「違います。嬉しいんです」

　溢れる涙を見られないように、夜明さんの胸に顔を寄せる。

「鈴蘭……俺に愛想をつかしたわけではない、のか？」

「違います。そんなことありえません」

　どうしよう……涙が止まらない。

「大好きです。……不安にさせて、ごめんなさい」

「鈴蘭……どうして泣くんだ？　そんなことで責任を感じる必要はない。俺がまた勝手に勘違いをして、暴走したみたいだ」

「違います。私が……」

　自分自身が不安でいっぱいになって、夜明さんまで不安にさせてしまった。

　夜明さんのことを不安にさせないようにって何度も誓っ

たのに、私は何回同じ過ちを繰り返すんだろう。

「鈴蘭……泣かないでくれ……」

　取り乱している夜明さんに、愛おしい気持ちが膨らむ。

「話があると言っていただろう？　そのせいか？」

「ごめんなさい……」

「謝らなくていい」

　そっと抱きしめてくれた夜明さんに、ますます涙が止まらなくなった。

「話せるなら、なんでも話してくれ」

　否定されるのも、関係が壊れてしまうかもしれないことも……怖い……。

　でも……こんなにも私のことを愛してくれている、夜明さんなら……。

「実は……」

　一緒に喜んでくれる可能性にかけて、意を決して口を開いた。

「子供が……」

「……え？」

　最後まで言うのが怖くて、言葉に詰まってしまう。

　やっぱり、夜明さんの反応が……怖い。

「その……夜明さんとの、子供が……」

「……まさか……子供が、できたのか？」

　夜明さんが、私のお腹を見て目を見開いていた。

　夜明さんの口から拒絶の言葉が出るのが怖くて、肯定できずにただぎゅっと目を瞑る。

　せめて……否定だけはしないでほしい。

　私にとってこの子は……夜明さんとの、かけがえのない子供だから。

「そんな……」

　震えている夜明さんの声が聞こえて、恐る恐る目を開ける。

　……え？

「……嬉しすぎて、どうにかなりそうだ……っ」

　夜明さんは満面の笑顔で、私を見つめていた。でも、瞳にはうっすらと涙が浮かんでいる。

　最後に夜明さんが泣いたのを見たのは、私の腕が治った日。

　普段涙を流す人ではないし、滅多に泣いたりしない人だ。

　そんな人が……。

「俺は本当に……幸せものだ」

　幸せを噛み締めるように、涙を流していた。

　その光景を見て、私の瞳からも同じものが溢れ出す。

「夜明さん……」

「鈴蘭……ありがとうっ……」

　そう言って、私を抱きしめてくれた夜明さん。

「ああダメだ、幸せすぎて言葉にならない。一刻も早く会いたい」

　夜明さん、喜んでくれてる……？

「鈴蘭と俺の子供なんて、世界一可愛いに決まっている。いや……世界一は鈴蘭だから、鈴蘭の次に可愛い子供に違

いない」

　さっき、この世の終わりみたいな顔をしていた夜明さん
が、今は満面の笑顔を浮かべて目を輝かせている。

「ま、待ってください……産んでも、いいんですか……？」

「……何を言っているんだ？」

　私の言葉にぴたりと固まった夜明さんは、みるみるうち
に顔を青くさせた。

「まさか……俺が産むなというと思っていたのか？　ここ
数日様子がおかしかったのは……そのせいだったのか？」

　夜明さんのせいというわけじゃなくて、私が……。

「実はこの前、夜明さんが黒須さんたちと話しているのを、
聞いてしまったんです……子供は嫌いだって……」

「……っ」

　さらに青ざめた夜明さんは、がしりと私の両肩を掴んだ。

「そうだったのか……本当にすまない。不安にさせてしまっ
た……あんな話を聞いたら、誤解して当然だ……黒須の言
う通り、軽率にあんなことを言うんじゃなかった。嘘でも
口にしてはいけなかったな」

　嘘……？

「何よりも、鈴蘭を不安にさせた自分を許せない」

　夜明さんはそう言って、真っ直ぐ私を見た。

「言い訳をさせてくれ。あれは……周りを黙らせるためだっ
たんだ」

「え……？」

「結婚してから、子供の予定はどうなんだと周りからしつ

こく聞かれるようになった。不躾にも程がある。あのままだと、鈴蘭にも同じ質問をしかねないと思ってな……もちろん鈴蘭との子供は欲しいと思っていた。ただ……周りの声が、鈴蘭のプレッシャーになるんじゃないかと思ったんだ」

　そうだったんだ……。

　夜明さんも……望んでくれていたんだ……。

「だから、鈴蘭には余計なことは言うなと牽制して回っていた」

　理由がわかって、心底安心したと同時に、止まっていた涙が溢れた。

　本当に、否定された時のことばかり考えてしまっていたから……よかった……。

「正直、鈴蘭さえいてくれればいいと思っているのは本当だ。子供ができたとしても、俺の一番が鈴蘭だという事実は揺るがない」

　情熱的すぎる瞳で、私を見ている夜明さん。

「その上で、鈴蘭との家族が増えることを夢みていた」

　同じ気持ちだったことが嬉しくて、安心して、遅れて笑顔が溢れた。

「鈴蘭との子供なんて、嬉しいに決まってる」

「夜明さんっ……！」

　私からも、ぎゅっと抱きしめた。

「子供が産まれるまでは、メディアへの発表は控えよう。ただ、城内のものには伝えてもいいか？　産まれるまでの

間、鈴蘭のことは今まで以上に丁重に扱えと命令する」

　て、丁重に……そこまで気を使っていただかなくても、今も十分、城内の人たちにはよくしてもらっている。

「鈴蘭と子供の安全が第一だ。鈴蘭は、毎日生きてくれていればそれだけでいい」

　ど、どうしよう……心配してくれるのは嬉しいけど、夜明さんの過保護が加速してしまいそうだっ……。

　それから、すぐにお父さんとお母さんにも報告した。

　ふたりは泣いて喜んでくれて、周りの人たちもみんな祝福してくれた。

「いいか、鈴蘭には箸も持たせるな！」

「よ、夜明さん、落ち着いてくださいっ……！」

　夜明さんは想像通り過保護に磨きがかかり、家にいるときはどこにいる時もついてくるようになっているけど……愛されていると実感して、幸せだった。

「早く会いたいな……」

「はい」

　拒否されたらどうしようなんて、不安だったのが嘘みたい。

　夜明さんはきっと、私と同じくらい、この子のことも大事にしてくれるはずだ。

　夜明さんとならいつまでも、きっと幸せな未来が続いているはず──。

　その数年後、魔王さまは家族を寵愛しているという週刊
誌の記事が出たのは、また別のお話。

【END】

あとがき

afterword

この度は、数ある書籍の中から『魔王子さま、ご執心！2nd season③ ～溺愛王子は彼女を一生離さない～』をお手にとってくださりありがとうございます！

最終巻の第3巻、いかがでしたでしょうか……！

せっかく続編を書く機会をいただいたので、読者様に幸せいっぱいなラストをお届けしたい……！と鋭意執筆いたしました。少しでも読んでくださった皆さんに幸せな気持ちになっていただけたら嬉しいです……！

続編が決定した時、絶対にふたりの結婚のシーン、結婚生活のエピソードを入れたいと考えておりました！

きっと今も鈴蘭ちゃんと夜明さんはお互いだけを愛しぬき、笑顔の耐えない家庭を築きながら幸せに過ごしていると思います。ここまで長くふたりを書かせていただき、私もとても幸せでした……！

一度は鈴蘭ちゃんを陥れようとした星蘭ちゃん、前シーズンでは悪役のまま終わってしまったルイスさんについても、心を入れ替えたふたりの気持ちが読者様にも伝わっていれば幸いです。きっとこの先も、陰から鈴蘭ちゃんを守ってくれるナイトのような存在になってくれると信じています！

改めて、続編という機会をくださった読者様、スターツ出版様に感謝申し上げます！

　そして今回続編が決定したのは、コミカライズのお話を
いただけたことも大きいです！　表紙を担当してくださっ
た朝香のりこ先生が、魔王子さまシリーズを原案として『絶
世の悪女は魔王子さまに寵愛される』を連載してくださっ
ています！

　朝香先生が描いてくださった鈴蘭ちゃんや夜明さん、登
場人物みんながとっても素敵ですので、ぜひそちらも併せ
て楽しんでいただけると嬉しいです！

　最後に、本書に携わってくださった方たちへのお礼を述
べさせてください！

　いつも素敵なイラストをありがとうございます、漫画家
の朝香のりこ先生。素敵なデザインに仕上げてくださった
デザイナー様。

　そして、本書を読んでくださった読者様。書籍化に携わっ
てくださったすべての方々に深くお礼申し上げます！

　ここまで読んでくださって、本当にありがとうございま
す！

　またどこかでお会いできることを願っております！

　　　　　　　　　　　2023年10月25日　＊あいら＊

作・＊あいら＊

ハッピーエンドを専門に執筆活動をしている。2010年8月『極上♥恋愛主義』が書籍化され、ケータイ小説史上最年少作家として話題に。ケータイ小説文庫のシリーズ作品では、『溺愛120％の恋♡』シリーズ（全6巻）、『総長さま、溺愛中につき。』（全4巻）に引き続き、『極上男子は、地味子を奪いたい。』（全6巻）も大ヒット。野いちごジュニア文庫でも、胸キュンしたい読者に多くの反響を得ている。ケータイ小説サイト「野いちご」で執筆活動中。

絵・朝香のりこ（あさかのりこ）

2015年、第2回 りぼん新人まんがグランプリにて『恋して祈れば』が準グランプリを受賞し、『春の大増刊号 りぼんスペシャルキャンディ』に掲載されデビューした少女漫画家。既刊に『吸血鬼と薔薇少女』①〜⑪（りぼんマスコットコミックス）があり、人気を博している。＊あいら＊による既刊『総長さま、溺愛中につき。』（スターツ出版刊）シリーズのカバーとコミカライズも手掛けている。（漫画版『総長さま、溺愛中につき。』はりぼんマスコットコミックスより発売）

ファンレターのあて先

〒104-0031

東京都中央区京橋1-3-1

八重洲口大栄ビル7F

スターツ出版（株）書籍編集部 気付

＊あいら＊先生

KEITAI
SHOUSETSU
BUNKO
野いちご SINCE 2009

魔王子さま、ご執心！　2nd season③
～溺愛王子は彼女を一生離さない～
2023年10月25日　初版第1刷発行

著　者　＊あいら＊
　　　　©＊Aira＊ 2023

発 行 人　菊地修一

デザイン　カバー　粟村佳苗（ナルティス）
　　　　　フォーマット　黒門ビリー＆フラミンゴスタジオ

D T P　久保田祐子

発 行 所　スターツ出版株式会社
　　　　　〒104-0031 東京都中央区京橋1-3-1　八重洲口大栄ビル7F
　　　　　出版マーケティンググループ　TEL03-6202-0386
　　　　　（ご注文等に関するお問い合わせ）
　　　　　https://starts-pub.jp/
印 刷 所　共同印刷株式会社
Printed in Japan

ISBN　978-4-8137-1493-4　C0193

＊あいら＊・著
イラスト/朝香のりこ

総長さま、溺愛中につき。

溺愛の暴走が止まらない！
危険な学園生活スタート♡

ある事情で地味子に変装している由姫の転校先は、なんとイケメン不良男子だらけだった!?　しかも、生徒会長兼総長の最強男子・蓮に惚れられてしまい、由姫の学園生活は刺激でいっぱいに！　さらに蓮だけに止まらず、由姫は次々にイケメン不良くんたちに気に入られてしまい…？

シリーズ全4巻＋番外編集　好評発売中！

総長さま、溺愛中につき。①～転校先は、最強男子だらけ～
総長さま、溺愛中につき。②～クールな総長の甘い告白～
総長さま、溺愛中につき。③～暴走レベルの危険な独占欲～
総長さま、溺愛中につき。④～最強男子の愛は永遠に～
総長さま、溺愛中につき。SPECIAL～最大級に愛されちゃってます～

大ヒット♡
ケータイ小説
文庫版

ケータイ小説文庫　好評の既刊